うつせみの世
夜話三題

中高年の性・孤独・恋

安保邦彦
Kunihiko Abo

花伝社

うつせみの世　夜話三題——中高年の性・孤独・恋◆目　次

家族

平成食堂

平成食堂は、ある私鉄の駅を横切り南北に走っている幅三メートルほどの道路に沿った商店街の一角にある。いわゆる一膳飯屋でうどん、煮込みうどん、鍋やきうどん、中華そばなどの麺類から志のだ、かつ丼等のどんぶりめし、カレーライスと大抵の食べ物は揃えている。道幅が狭いため幹線の道路から南へ下る道は一方通行で南から登ることはできない。幹線道路沿いには、郵便局、消防署、大型のスーパー、家電量販店、図書館などが立地している。ここから東へ駅を一つ行くと陸上自衛隊のS駐屯地がある。駅からの乗降客は、誰もがこの商店街を通らなければならず立地条件としては悪くないが、駐車場難のため顧客は付近の住民か鉄道利用者に限られる。

商店街と言っても都心にあるようなアーケード付きの大きな繁華街ではない。道路を挟んで花、魚、たこ焼き・やきそば、ノリ・乾物などを商う店のほか芳香剤を使った癒しの館、薬房、薬局、銭湯、喫茶店、本屋、居酒屋、ラーメン店、寿司屋、犬の美容室、理髪店、美容院、麻雀荘、鍼灸院等が軒を並べる。中間地に建つ四階建ての横山ビルは築十八年経つが、一階に経営者が良く入れ替わるラーメン店と階上にうたごえ喫茶とスナックが入居しているだけでずっと閑散としたままだ。それでも何故か、ビルの所有者は替わっていない。

商店街から東へ向っては高台となっており、生活道路に沿って眼科、歯科医院がある。続いてその先に東山文化住宅街と呼ばれる住宅街が広がる。その付近には、医師、大学の教員やマスコミに勤める人、三味線、小唄の師匠などが住む瀟洒な家々が軒を連ねるから文化住宅の街と土地の人たちが言い始めた。反対側の西に向かえば、いくつかの町工場、接骨院などがあるほかは、集合住宅や小ぶりの戸建て住宅が続きいわゆる山の手と下町が東西に展開する周囲の住環境である。この付近で忘れ物や落し物があると、目につきやすい所に置き直してあり、心と心が触れ合うような安らぎを感じる街中でもある。

そうしたほっこりとする商店街の横町にある平成食堂の店主、大村敏夫は五十六歳。父親が創業した昭和食堂を受け継いだ二代目で八十七歳になる母親静江、妻孝子の三ちゃんで切り盛りする毎日だ。創業以来、麺類が得意だったからA県の麺類食堂組合、正式には麺類食堂生活衛生同業組合の組合員である。敏夫は一時期組合の理事を務めた役員経歴の持ち主。

店の南側に酒販店と焼き肉屋が軒を並べている。週一回の定休日は、日曜日と決め祝日も営業する。ただし午後二時半から四時半までは準備中の知らせを出して休業する。敏夫の時代になって店の名前を平成食堂と改めた。父芳樹は心筋梗塞で突然死、先月に七回忌を済ませたばかりだ。彼は、一日限定三十食の手打ちのうどんを売りにしていた。店頭で朝から麺棒を手にし、水でこねた小麦粉を平に伸ばす姿がみられたものだ。

長男の昭雄は二十五歳、調理製菓専門学校で調理を学び総菜を作る会社に勤めている。会社は総菜を量販店向けに卸している。従業員は五十名ばかり、販売先の意向もあり年中無休で土曜日の出勤が月に二日ある。二歳下の綾香は、隣の小都市に住まいを構え三児の母親で育児に忙しい。

敏夫と妻孝子の結びつきは、父親芳樹の導きにある。幼な友達の柳元雄が隣の城東区でうどん屋をやっておりそこの次女である。柳とは、地元の小学校、中学校の同級生で無二の親友だ。芳樹が店で手伝っている孝子の働きぶりを見て惚れこんで、敏夫と引き合わせた。年齢は敏夫の一つ下、中肉中背、細面できゃしゃな体つきだったが、彼は彼女の愛想は良くないが明るい人柄が気に入った。目が細く少しばかり怒り肩なのは、高等学校でレスリングをやっていたせいだろう。結婚してから分かったことだが、負けん気が人一倍強かった。ジジババ付きで商売屋さんと言えば、結婚相手に敬遠される典型的な悪条件。大村一家では、果たして嫁に来てくれるかどうか心配していたが、柳の父親のほうから

「孝子が宜しくと言っている」

朗報があり大村親子は胸をなでおろした。孝子は小さい頃から店を手伝っており、面倒くさいことをも厭わない性格。二十九歳という年齢も決断の一因かも知れない。

ある日曜日の遅い昼飯の後である。夏の暑さも一段落しスーパーの店頭に桃が並ぶ頃合になっていた。居間でくつろいでいた敏夫がテレビの画面にくぎ付けになった。

「ええっ、ニューヨークで同時多発テロだって。おーい、孝子、ニューヨークの世界貿易センターなどに旅客機が突っ込んで何千人もの人が死んでいるんだって」

「どうしたの、そんなに大きな声を出して」

隣の部屋を掃除していた孝子が掃除機を止めて入ってきた。

「十年前にあっただろ。アメリカを中心とする多国籍軍がイラクとサウジアラビアをミサイル攻撃した湾岸戦争。その仕返しだと言っているぞ」

「私には良く分からないけど。アメリカは誰にも負けない強い軍隊を持っている国だと思っていたけどそんなに簡単にやられるの」

「そこんところは俺にも良く分からん。けれども、今のところうちへ来る自衛隊のお客さんが海外へ派兵されることはないから心配ないだろう」

「憲法があるからだよね」

駐屯地は、旧陸軍時代にさかのぼると百二十年の歴史を持っている。第十師団の司令部がありここM市葵区のある県を含め中部日本の六県下を統括する。隊員千数百人が勤務しており非番を利用して独身寮に住む自衛隊員がちょくちょく店を利用してくれる。少し後になって駐屯地内にコンビニエンスストア、食堂、居酒屋チェーンもできたが、定番の料理に飽きてちょっと息抜きに外食し一杯飲む隊員がいる。

「この前、隊員同士で来ていた人達の話を聞いていたら、日本には憲法九条があり海外派兵はできないから今のところは安全だって言ってたわ」

「俺も聞いたことがある。おふくろが心配しているから海外に行くようなことになったら辞めるとか言ってたな」

「少し待っててね、お茶を入れるよ。お祖母ちゃんも呼んでくるから」

八十七歳になる静江は、高齢ながらかくしゃくとしており注文取りから賄い方、食器洗いまでなんでもこなす。

「ちょうど良かった。今買ってきたところだったから」

小柄でぽっちゃりとした丸顔の静江が栗きんとんを入れた菓子皿を持って入ってきた。

「ほー、もうこの菓子の出る季節になったか。ばあちゃん、これ、清風堂のもの」

「そうだよ、区役所のそばの亀廣のほうがうまかったんだけど、去年店を閉めてしまったからね」

少し遅れて入ってきた孝子が話に加わった。

「この前ね、美容院へ行った時に美容師さんから聞いた話だけど、清風堂が閉店するそうよ」

「ええっ、本当に。どうして閉めるのかなあ。あそこの大将はそんな年を食っているのか。若い衆がいたはずだが」

「おやじさんは八十近くなって体がえらいんだって。若い子はね、自分の子じゃあないの。店を持ちたいから実家に帰るんだってよ」

栗の粒つぶが舌の上で程よい甘さでころがる。日本茶の渋みと溶け合い安らぎのひと時が過ぎていく。

「踏切の北側にあった大森靴屋さんと向かいの魚屋さんもやめたね。大森さんのご主人は私と一まわり以上違って七十二歳、年だしね。跡継ぎもいないから仕方がないけど。魚善さんの旦那さんも靴屋さんと同じような年ごろのはずだけど会うと良くこぼしてたよ。

スーパーの魚店と値段で太刀打ちが難しいし毎朝の仕入れがこたえるって。奥さんと二人でやっていたからもう疲れたと。こんなに空き店舗が増えるといやだねー、何とか通り……シャー……商店街とか言うだろ」

「ばあさん、それはシャッター通りって言うんだ。そういえば踏切のそばにあったクリーニング屋さんが閉店してからもう二年くらいになるな」

「昔みたいに背広にネクタイ、白いワイシャツ姿のお客さんは減ったもの。冬でも厚手のオーバーなんか着る人はいないし。一軒ずつ回って注文を取る商売は成り立たなくなってきたんだね。そう言われてみるとクリーニング屋さんって最近見ないわね」

孝子が相づちをうちながらうなずいた。

「クリーニング屋さんで思い出したが、横山ビルの隣にあった、何って言ったかなー、寿司屋さん」

「敏夫、寿司幸だろ、頭の禿げたおじさんと奥さんと二人でやっていた」

「シャッターが閉まったままになっているからみんな忘れてしまう。どんな店があったのか。あのおやじさんは、きしめんが好きで店によく来てくれたな」

「美容院は、色んなお客が来るからあちこちの情報が入るんだね。お客さんが話してたけどここの歯医者さんの隣にある松山温泉が止めるっていう噂よ。それと駐屯地の前にある松の湯温泉が来年中に閉じるんだって。最近増えてきたスーパー銭湯に押されて個人のお風呂屋さんはやっていけないみたいだよ」

孝子が美容院で待っている間に知った近所のお風呂屋さんの情報が明らかになった。

「私も八十七年生きてきたけど、世の中、変わるのが早くなったねー。携帯電話が出てきてから特にね。最初はびっくりしたよ。お客さんが店で座ったまま一人で何かブツブツ言っている。頭がおかしいんじゃないかと気味悪かったよ。それが電話だってわかって二度目にびっくり」

「俺も携帯電話にやっと慣れたところだけど。この前テレビで言ってたな。これからは携帯パソコンみたいなものが出てくるかも知れないと。全く世の中がどう変わって行くか」

「それじゃー、なんだい、そんなものが出てくりゃー私は三度目にびっくりかい」

静江が顔を上に向けてにが笑いをした。

宅配

三人が近所の店の移り変わりの話に花が咲き夕方近くになっていた。このところ幹線道路沿いを中心にコンビニ店、回転すし店、ドラッグストアとも呼ばれる薬局スーパー、携帯電話の取扱店などの進出が目立つ。薬局スーパーでは、薬品はむろんのこと菓子類から美容品、雑貨、コメからパンまで扱いまるで小さな百貨店みたいだ。大村一家の話し合いの通り、個人の店の成り立たない環境になっていることは間違いない。

「おお、腹が減ってきたな。うちで作るのは面倒くさいし。何か取るか食べに行くかだ」

店の残り物がないか厨房へ見に行った孝子が

「生憎、なにもなかったわ。消防署の向こうに宅配寿司一番店が開店したばかりだよね。それとも区役所の近くにある宅配のピザ店から取るとか」

「ピザはダメ、食べるなら寿司だ」

姑と主人が口をそろえた。

「回転すしは、魚のネタが薄くて食べた気がしない。昨日だったか宅配寿司一番店のチラシが入っていたな。あそこへ頼むか」

北陸フェア、期間限定、数量限定などと書かれた厚手の上質紙のチラシの絵を見ながら敏夫が

「助六、いなり、海鮮特上巻を一人前ずつでどうかな」

二人がうなずき夕飯が決まった。

「この宣伝ビラを見ると茶わん蒸し、みそ汁、ぶっかけうどんなども配達しているなー。

これじゃー、うちの商売敵だ。うかうかできないぞ」

「そうだよ、お前さん。店の前に配達用の専用バイクかスクーターか知らないけれど七台くらい止まっているよ。宅配ピザのモリソンの店先にも同じくらいの台数が並んでいるし」

「ということは、それだけお客さんから注文がありうちの売り上げが減るっていうことになるな。ところで、孝子、店の売り上げはどうなっている」

「年々減ってきているけど、去年は僅かに黒字で今年はどうかな。下手をすれば赤字になるかもね。店は自分のもので家賃はただ、私達の給料は無しの計算だから実際は儲かっていないよ」

日々の金銭の出納は店が終わってから孝子が行っているが、現金の管理は敏夫に任されている。

「とうさん、この前、うどん屋さんの角丸が閉店してこの近所でラーメンだけは別として麺類が食べられるのはうちだけになったよ。このままではじり貧だねー」

「どうだい、敏夫、平成食堂も宅配をやったら」

静江が配達された寿司に手をつけながら二人に提案した。

「でもねー、お父さんが出ていくと私とお祖母ちゃんだけになってしまう。忙しい時にやっていけるかしら」

「私ゃ平気さ、年は取っているけどまだまだ大丈夫だよ。お昼とか夕方の混み合う時は、パートの人を雇うとかすれば。南部書店では一日の半分くらいはパートに任せているみたいだし」

腕組をしてじっと二人のやり取りを聞いていた敏夫が、すぼめた口先を大きく開き
「やってみるか、バイクで走ればそんなに時間は取られないし。店は近所の奥さんにパートを頼んだら何とかなるさ。この辺りは狭い路地が多いから小回りの利くうちのほうが有利かも知れん。岡倉サイクルに相談してバイクの荷台に岡持ちをうまいこと付けてもらう。明日相談してみよう」

話はとんとん拍子に運んで平成食堂の改革案がまとまった。早速チラシの文案まとめに入った。

「『家庭の温かい味をそのままお宅の食卓に。配達料無料、電話一本ですぐにお届けします。平成食堂』。これを大きく書いて後は電話番号と主なメニューを分かり易く載せたらどう」

孝子がわら半紙に殴り書きし二人に見せた。

「もう一つ思いついたわ。出前致しますと書いた旗竿を入口横に掲げるの。どう思う」

「いいんじゃーないか。明日岡倉サイクルへ行った後に近藤印刷へ寄り文章を見てもらい刷ってもらう。それから大友新聞店に折込みを頼めばいい」

敏夫がやる気を見せほんのり紅潮した顔付きになった。旗竿は、後日、敏夫が隣の中山区の旗店を訪ね手に入れてきた。折込み広告をした日には、早速反応があった。

「はい、毎度有難うございます。平成食堂です。きしめん二杯と志のだどんぶりをいっちょうですね、すぐに伺います。お勘定は千五十円頂きます」

記念すべき最初の注文先は近くだったため敏夫が費やした時間は五分位。それから日がたつにつれ出前の回数が増えてきた。注文の品が後ろの荷台に入りきらないと左手に小ぶりの岡持ちを持って右だけの片手運転でこなすことにも慣れた。チラシは、月に一回、定着するまで折込みを続けるようにした。最初に考えたように忙しい時間帯を見はらかってパートさんを募集したところ、近場の主婦でいい人が見つかり

「お前さん、この調子なら何とかやっていけるよ。売り上げも増えてきたし」

調理場から孝子の張りのある声が閉店後の店内に響いた。こうして二年余り何ごともなく日々が過ぎていった。ただ孝子の父が二カ月前に交通事故で死亡という不慮の災難に見舞われた。

場外馬券売り場

「明日は日曜日で休みだな。競馬にでも行ってくるか」

ある春の日の午後、敏夫が店内に客がいないのを確かめ一人ごちた。それを聞いた孝子が食器を洗いながら聞き返した。

「今は競馬場へ行かなくても馬券が買えるんで楽になったんでしょ。以前は競馬場まで乗り継いで行くから時間も取られたけど」

「そうだ、今は場外発売所で席に座ったままで馬券も買えるからな」

「いつだったか忘れたけど、三万円儲かったといって高級な牛肉を山ほど買ってきてくれたことがあったわね」

数年前市内の中心部の城山に日本中央競馬会の場外投票券発売所ができて便利になった。

最近の敏夫の唯一の趣味は、競馬だった。二十代から店に入ったので釣り、囲碁、将棋などに行ったり習う時間がなかった。子育てが終わってからはパチンコ店に通ったが、タバコの煙とやかましい音が嫌になり競馬に鞍替えした。

「あんたからはあんまり儲かった話は聞いていないけど。大損して身上をつぶした人があるって聞いたことあるわ。うちは大丈夫なのね」

孝子が、日曜日の夕食時に敏夫の顔色を伺いながら訊ねた。

「そんな大金はつぎ込まないよ。なんとか収支トントンかな。馬券一枚百円だけど一日三千円までで止める。馬を研究して買うから頭の体操。ボケ防止も兼ねてな」

「いつも見ている週刊競馬で調べるの」

「そうだ、穴馬、つまり皆があまり買わない馬券に賭けるのが私の主義。今から南部書店へ行ってくるから」

南部書店は、実用書、趣味、旅、料理の本、漫画雑誌、新聞、切手やはがきのほかに人気作家の単行本、文庫本等が置いてある。朝方と夕方以降は店主とその家族が店番をして日中はパートに任せている。

そんな会話があった三日後に孝子は、

「乳房にしこりがあるような気がする」

そう言って病院へ検査に出かけた。マンモグラフィー、乳房専用のレントゲン検査で要精密検査と分かり、超音波検査としこりの組織検査で乳ガン初期と診断された。すぐに手術となり十日間の入院と告げられた。孝子の手術は成功し術後の経過も順調に推移した。

敏夫は、孝子の退院を明後日に控えた土曜日の休み時間に南部書店へ出かけた。

「週刊競馬ありますか」

「ありますよ、そこに」

「見あたりませんが、いつものところに」

「おかしいですね、ああ、そうそう、店番の引継ぎの時に言われたわ。残りの一部を欲しい人のために取り置きしたと。でも先ほど要らないって電話がありました。だから裏にあるはず。取ってきます」

店番の見知らぬ顔の女性が、すぐに戻り手渡ししてくれた。

「どうも有難う、あなたは前の人と替わったんですね」

「はいそうです、今日からです。宜しくお願いします。奥野美子と言います」

小柄だがこんもりした胸のふくらみは、豊かな乳房を想像するのに十分なほどだった。腰元のお尻からゆるやかな曲線が両足へと続いている。太いまゆげ、大きな瞳、黒い長い髪の毛を後ろで束ね肩の上から垂らして微笑んだ姿に思わず見とれた。

「あら、嫌だわ、そんなに見つめられて。何か顔に付いてますか。何ていうお名前」

「ああ、この向こうの酒販店の隣にある平成食堂の大村敏夫って言います。宜しく」

ゆったりした口調で少し肩をすぼめながら名乗った。

「あら、そんなら社長さん、頼もしいわねー」

「社長だなんて、ただの食堂の親父ですよ。うちも忙しい時に専業主婦の方に手伝ってもらってます。お宅も昼の時間のある時にここで」

「いいえ、私はマルイチなんで働かなくちゃーならないんです」

「はー、マルイチ?」

「あーら、知らなかったんですか。普通の離婚をバツイチって言うでしょ。でもこちらから望んだ別れは、ハッピー、だからマルイチ、お分かり」

そう言ってクックックッと笑った。

「それじゃー、また来ます。新聞代はここへ置きましたよ」

「ちょっと待って、折角の新聞を忘れちゃーダメよ」

差し出された手の先のマニキュアが、まぶしく見えた。慌てて店に帰ると
「新聞を買いに行ったくらいで遅いわねー、もう店を開ける時間じゃないか。ボーっとした顔をして。何かあったのかい。出前の注文が来てるよ。今南部書店へ電話しようかなと思ってたところさ」

母親の静江が、いぶかりなじった。

「女性ヤングに面白い記事が載っていたから立ち読みしていたら時間がたって。若い女の子向けの週刊誌はうちに置いてないからな」

調理場に入ってからも先ほどの美子とのやり取りを思い出す。

(美子か、名前の通りきれいな子だなー、子じゃーない、元奥さんか。俺のことを社長さんって、頼もしいって言ってな。だめ元で今度思い切って言いだしてみるか。付き合ってと。でもなー、この年でそれもないか)

「何をブツブツ言ってんだよ。気は確かかい?」

注文を知らせに板場へ入ってきた静江がこちらの顔をじっと見つめた。ばつが悪くなり「何でもない。さっき出前に行った先で少し変わった人が出てきたので。その話の意味を考えていたのさ」

ごまかしたが静江は、その出前先の大滝さん宅の家族構成をよく知っている。

「誰か親戚の人でも来てたのかい。そんな人とややこしい話が進むはずがないと思うが」

切り返され黙る以外になかった。

「エッヘン、オッホン」

空咳でごまかして注文の品を大声で復唱し調理にかかった。それから後に次の週刊競馬が出る日に書店に顔を出した。

「あら、敏ちゃん、この前は有難うね。はい、新聞はここよ。競馬儲かったら私にもおごってね」

「店番はどうですか、忙しい?」

「そうでもないけど、学校の退け時に学生の万引きが結構多いの。それと漫画なんかを立ち読みして読みかけのところを折っていくのよ。そんなことされたら売りものにならなくなるから注意するように言われてまーす」

監視するのに疲れてしまい肩づまりをするようになったと肩を上げ下げしこぼした。

マンション通い

「それは、お疲れさんです。ところで美子さん、どこに住んでいるの」

「あーら嫌だ、気軽によっちゃんと呼んで。もう友達なんだから。尾山神社、知ってる。そのそばにある古ぼけた四階建てのマンションに一人で」

「女ひとりで暮らすのは生活費を稼ぐのを含め大変だね。家賃はいくら」

「住んでるところは、兄貴の持ち物なの。だからただみたいな家賃だからなんとか生活できるけど」

「前の旦那からの慰謝料はなかったんですか」

「それがね、大酒のみで家で暴力を振るうのね。酒乱よ」

「よっちゃんにですか。考えられないな。そんなことは」

「それでもね。相手は別れることは絶対に嫌だと五年間もハンコを押さないの。とにかく別れることができれば御の字。何年もかけてやっとウンと言わせた時は、万歳って叫んだの。だからマルイチよ。一銭ももらってません」

「また、詳しい話をきかせてくれる」

「いいわよ、都合つけるから私のマンションへ来てくれる」

携帯電話の番号を知らせ合い敏夫は、若い娘のようなルンルン気分で店へ駆け戻って自問自答した。

（都合ついたら来てくれるかって。元妻女一人のマンションへだ。もう後戻りできなくなるけど大丈夫か、敏夫）

孝子は、すっかり回復し店に出られるようになっていた。ニヤケタ敏夫の顔を見るなり問いただした。

「いつも新聞買いは、長くかかるね。いない時に限って出前ですよ。それも三軒から。なによ、含み笑いして気持ち悪いわ」

「今度の競馬で大当たりするような予感がして、そうなったら何に使おうか考えると笑えてきてしまうんだ」

「そんならいいけど。一人でブツブツ言ったりニヤニヤするのは止めてくれない。気持ち悪いから。あんた本当に大丈夫なの。出前で転ばないように気を付けてね」

数日して彼女からショートメールが来た。

〈今度の日曜日、午後からならいつでもマンションへどうぞ、四〇五号室です。よっちゃんより〉

（いよいよ来たか、この日が。悪いヒモは付いていないな。気立ても良さそうだ。しかし、深みにはまるとどうなるか。まー、二、三回で別れることになるかも知れないし。とにかく行くしかないな）

覚悟を決めて玄関先のベルを押した。

「あーら、いらっしゃい。ようこそ場外馬券売り場へ」

「うん、まあ、そう言って家から出てきたんだが」

「ゆっくりしていってね。夕方まではたっぷり時間があるわ」

玄関の扉を閉めるなり敏夫の首っ玉に頬を寄せ両手で抱きついてきた。香水の甘酸っぱい香りが敏夫の顔じゅうに広がる。手土産の日本酒と総菜を脇に置くと自由になった両腕で顔を抱き寄せ唇にそっと自分のそれを合わせた。しばらく目を閉じたままお互いの舌を口の中でからませあった。

「よっちゃん、好きだよ、愛してるよ」

「私もよ、敏ちゃん」

この部屋は２ＤＫ、奥の部屋が寝室で襖を開けるとベッドルームになっていた。そのままなだれ込んで美子がすぐに下着を外し身を任せた。秘所をまさぐり盛り上がった乳房をなでながらそっと吸う。

「気持ちいいわ、早く一緒になりたい」

美子が興奮気味にしがみつき大きな声が部屋中に響く。

ゆっくりとぬるっとした中を静かに進みじっと相手の十分な高まりを待って果てた。

「敏ちゃんって、上手なんだねー。前のはねー、酔っぱらうとすぐに求めてきたの。すげなく断ると殴る、けるでしょ。もう冷めてしまってやる気も何も。無理やり入れるから痛いし。ただ早く終わってと祈っているばかりだったわ。だからお酒飲みは大嫌い。敏ちゃんは飲むの」

「飲むけど、ほんの一合程度で出来上がりだから。心配なく」

「私も酒は、本当は好きなんだけど、それ以来飲んでません、今日は久しぶりに心配なく頂こうかな。こういうこともあろうかと少しつまみを作っておきました」

敏夫の持参した酒で乾杯した後、再び熱い長いキスを交わす二人であった。

彼は、この年で初めて性の喜びを味わい目覚めてしまった。美子も同じ思いにひたった。場外馬券売り場だが、競馬開催日の営業時間は、午前九時半から午後五時二十分まで。競馬へ出かけた敏夫の帰りは、通常午後五時ころだった。

「ああっ、いけない。五時半か。こんな時間になってしまった。時間のたつのが早いね。では今日のところはこれまで。帰ります、よっちゃん」

歩いて来ているから家までは二十五分位はかかる。

「そうね、私は車持ってないから送ることできないし。急いで帰ったほうがいいわ」

敏夫が店に着いたのは、六時を回っていた。

「ただいま、帰ったよ」

「お帰りなさい。少し遅かったわね。夕ご飯はもうできてます。食べますか」

「まだ腹が減っていないからもう少し後でいいかな」

「いいわよ、どうだったの、本日の成績は。研究の成果は出たの」

「今日は本命、つまり勝つと予想される馬ばかりの入賞で穴馬狙いはダメな日だった」

「そうなんだ、いつも番狂わせがあるなんてないよね。交通費と昼ごはん代が出なかった。だからどこかで一杯ひっかけてきたの。顔がほんのり赤いけど」

「うん、城山近くの地下鉄の地下街の飲み屋で手羽先をつまみに焼酎を一杯ひっかけてきた」

「そうなの、いつも日本酒の純米酒に納豆かやっこが定番の人にしては珍しいね」

「まあ、そういちいち詮索することはなかろう。たまには変わった肴や銘柄の違った酒も欲しくなるさ。毎度同じものでは、うんざりすることもあるからな」

「いつも場外馬券所で仲良くなった金子さんというお友達、今日は来てたの」

「ああ、いたな。それがどうした」

「彼は勝ったの」

「そういえば、二万円くらいあてたとか言って躍り上がっていたな」

「そしたら帰りに一杯どうとか言ってくれないの」

「確かこの前俺が取った時におごったことあったからそれもありか。でも彼は勝ったレースの後にすぐ帰ったみたいだったし。孝子、今日はなんでそんなに根掘り葉掘り聞くんだ。あんたに関係ない話だろう」

「ただ、聞いてみたかっただけよ、競馬好きで思い出したけど、うちのお客さんで鍋焼きうどんの好きなひと、なんて言ったかなー頭の毛が半分白くてめがねをかけ背の高い」

「諏訪さんだろ、駐屯地の裏あたりから歩いてくるな。彼がどうした」

「先週のレースで勝ったからと言って祖母ちゃんと私にチョコレートをくれたんだよ。今度顔を見たらお礼を忘れないでね。さあ、ご飯にしましょう。お祖母ちゃんを呼んできます」

夕食の後に美子からメールが届いていた。

〈今日は有難うございました、本当に久しぶりで癒されました。身も心も大満足でした。家のほうは大丈夫でしたか。また会える日を楽しみにしています〉

〈こちらこそ有難うございました。美味しいお酒と楽しい話であっという間に時間が過ぎてしまい別れるのがつらかったです。近いうちに鹿の湯温泉へ誘います。ここからは車で二時間くらいです。なんとか一泊できるように工夫します〉

最初の逢瀬以来、敏夫は美子にぞっこんほれ込んでしまった。彼女が、甘いものに目がないことが分かりイチゴ大福、シュークリームなどをわざわざ遠くまで出かけて買い求めた。美子は、そんな土産をその日のうちに三個でも四個も食べてしまう。敏夫は、会った後、体がすっきりしよく眠れストレスが解消される。毎週のように日曜日は美子のもとへ通うようになった。いつも彼女が何をしているのか気になる。メールも朝、昼、晩と二時間おき位にうつ。怪しまれるといけないから出前に出た時に素早く送信する。夜は食事を済ませるとテレビを見るのを止めてメールに専念する。あれを買って欲しいとかこれもとか自分のほうから色々と注文を出してこないから安心できる。こちらの送信に対して返信が来るから送受信が絶えない毎日が続く。美子からは、出前の片手運転で怪我がなかったか毎回のように聞いてきた。

ある春の日の午後、準備中の看板を出して一休みしている時に孝子がお茶をいれながら店の状況を話し出した。

「出前が定着して売り上げは、わずかながら増え続けているから良かったよね。あんたは、大変だけど」

「雨や雪の日なんかは、困るけど、まあ、近場ばかりだから大丈夫だ」

ちょっと目じりを上げながら右腕でぽんと左肩をたたいてみせた。

「それとさー、最近気がついたんだけどね。毎週通っている割には週刊競馬を読んでないみたいだけど。情報不足じゃーないの」

首を左側に傾けそのままの姿勢でつぶやいた。

「新しい馬や新人騎手は別として大体のことは分かっている。今までに仕入れた情報で十分勝負はできるさ」

「だからこの頃は南部書店にも顔を出してないのね。以前は行くと長かったのにね」

「そういえば、ご無沙汰しているな」

孝子の指摘をうっとうしく思ったが、そこはこらえて話題をそらせた。

「ちびっこ公園の隣の小山の藪でもうウグイスが鳴いていたそうだ。この間出前を持って行った眼科医院長宅の奥さんに聞いた。もう春だな」

「あそこの藪には毎年来てるんだね。昨日、お客さんもその話をしていたから」

その後もマンション通いは止まらなかった。先週会った際、美子が言いだした。

「私、南部書店を辞める」

「どうして辞めるの」

「だって敏ちゃんとの付き合いそのうちに分かるでしょう。その時に店主の南部さんに悪いんじゃーない。知らんぷりしていると」

「それでこれからどうするの」

敏夫の問いに
「スナックや喫茶店で働くと実入りが多く手っ取り早いけど、客商売だから迷っているの」

「駄目だ、絶対に反対。特に夜の商売はやめて欲しい。来る客はたいてい女性目当てだからな。当面いい仕事が見つかるまで私が月づきいくらかお金をあげるから」

暫くしてドラッグストアのレジのパート募集に応募して来週から週四日間勤めると知らせがあった。日曜日のマンション通いが定期的になったある日、情交の後の寝物語で敏夫が切り出した。

「来週の日曜日にこの前話した鹿の湯温泉へ行こうか。新婚旅行代わりに」

「まー、嬉しいわ。けど家のほうは大丈夫。どういう言い訳を考えているの」

少し眉にしわを寄せながら美子が敏夫の胸に手を当てた。

「中学校の同窓会をやることにしてその下見に行くことにする。もう十数年やっていないのでこれから前の時の幹事に声かけしてみる」

「へーっ、考えたわね。それなら怪しまれないかもね。嬉しい、楽しみにしてるわ」

「日曜日泊まりで月曜日の朝早く帰れば商売に支障はないし。お昼の二時ころに迎えに行くから」

十月の中旬の日曜日、予定通り美子を乗せて鹿の湯温泉に向かった。谷川に沿った旅亭紅葉館の離れの部屋を予約した。美子に見栄を張った訳ではない。愛の営みが最高潮に達した時に彼女の喜びの声が大きく、本館の部屋では他の部屋の客に迷惑がかかると気づかったためだ。松、山茶花、もみじなどが植栽された枯山水の庭付きで露天風呂を備えた特別室だった。渓流の流れに黄や赤のもみじ葉が映り苔むす岩の青さが目にしみる。時折早瀬の音が大きくなったりゆるくなって聞こえる。ゆかたと丹前に着替え露天風呂にゆったりとつかった。夕食は、前菜、松茸料理、湯葉を主とした豆腐料理、川魚の焼き物、山菜の煮物、天ぷら、寿司などでどぶろく酒が付いていた。

女将が入ってきて

「ようこそ、いらっしゃいました。ごゆっくりどうぞ。当館の季節の味わい、彩に舌鼓を打って下さい。さあー、奥様おひとつどうぞ」

竹の節を細工した盃を差し出しどぶろくを注いでくれた。酒を酌み交わした後

「こんな立派な旅館とごちそうで泊まるなんて初めてだわ。有難うございます、敏ちゃん」

「どういたしまして、好きな人のためなら何でもないことです。気に入ってもらって良かった。このどぶろく、久しぶりに飲んだけど、意外にうまいんだねー。料理に合っている」

「松茸がいい香りするわ」

美子が焼いた松茸を鼻に近づけそーっと噛んだ。

「ところで前から一度聞こうと思っていたんだけど」

食事が進む中で敏夫が箸を休め切り出した。

「どうぞ、何でも聞いて下さい」

「兄弟は、マンションを持っているお兄さんがいるんだったね。あとは」

「いません、二人だけです。兄の名前は飯田武志。小さな鉄工所をやっていたんだけど、経営不振で閉めました。宅地建物取引主任者の資格を取り今は不動産屋さんで仲介の手伝

いをしているみたい。子供は娘ひとり。名前は沙耶香、二十一歳で別に住んでいるの。フリーターしてたけどこの前会った時はネイルの店で働いているとか言ってました」

「爪に色々書いたり塗ったりする、最近、街中でそのお店を時々見かけるね、あれ？マニキュアとはどう違うの」

「マニキュアはエナメル液を塗って自然乾燥させるの。ネイルは、確かジェルという液体を爪に塗り紫外線で固めるの。ネイリストとか言ってたけど、あんなで食べていけるかしらと思うけど」

「でも若い子が、一人で暮らしているんだったら立派だよ」

「やっぱりフリーターみたいな男と同棲して何とか生活してるようだわ。確かA自動車会社の期間工で大口翔太とか聞いたわ」

別れた前の旦那

「もう一つ聞きたいことがあるんだ。この前聞いた前の旦那のこと。どうしてそんな酒乱男と結婚したのか、不思議でね」

「最初はそんなんでなかったの。お酒は飲むけど真面目で働きものだったわ」

美子と前夫の奥野昇二は、自動車部品メーカーのブレーキホースを作る部門で働いていた。そのうちに工場に出入りするバネを作る有明精工の大木社長が、昇二の真面目な働きぶりに目をつけ独立の話を持ってきた。有明も大手の下請けでその下請けをやらないかと持ち掛けたのだ。自分のところでこなせないほど受注が増えたため親会社の期待に応え別な形で増産体制を整えようとした訳だ。

「一国一城の主になれるのだから、定年もないし」

この殺し文句に誘われて、惜しまれながら会社を辞めて有限会社「奥野鉄工所」を設立した。土地は有明精工が貸してくれ当面の資金借り入れの保証人には、大木社長がなってくれた。設備も有明精工が都合してくれ現場の仕事に慣れたパート二人も融通してくれた。また事務員も軌道に乗るまでの条件付きで回してくれるという。会社登記を法務局に届け出るなど開業に要する資金三十万円は、自分の貯金から都合した。

「そこで私について来てくれるかと打ち明けられたの。つまりプロポーズみたいなもんよ」

美子は、葵区で生まれ育った地元っ子。それに対して昇二の故郷は信州の諏訪。農家の七人兄弟姉妹の三男で高等学校を出てすぐにM市にやってきた。結婚前に諏訪の実家に挨拶かたがた訪れたが、その夜親戚、兄弟十名余が集まり飲み会となった。

「それがね、みんな飲むわ飲むわ、一升瓶七本くらいがすぐ空になってびっくり。でも昇二を含め乱れることもなくお開きになったわ」

美子は、少し酒が回りほんのり赤くなった目じりを下げながらフーと息を入れた。昇二の会社立ち上げ、結婚と慌ただしく日々が過ぎた。美子は、所帯を持ってからも暫く会社勤めをしていた。そうこうしているうちに昇二の知らなかった性格の一面が出てきた。その年会社の忘年会で遅くなった時のことである。

「今日の飲み会のメンバーは？」

帰ると昇二が不機嫌そうな顔で聞いてきた。

「いつもと同じ、会計課と総務課の十三人よ」

「こんなに遅くなったのは」

「二次会でカラオケ」

「それは誰と誰」

「奥野さん、吉池さん、古川君、河野君と私の五人だったかな」

「終わったのは何時」

「十一時ころだったかなー」

「でも帰ってきたのは十二時半を過ぎていたぞ」

「河野君に車で送ってもらったけど途中で酔い覚ましにお茶を飲みに喫茶店へ寄ったの」

「どこのどういう名前の喫茶店？」

「暗かったしどこか分からなかったわ、赤い気球？　確か赤いが付いた名前の記憶があるけど」

「赤い風船だろ、それなら陽明町にある。そこから車なら十分はかからない距離だ」

不審そうに取調べ口調でたたみかけてくる。

「少し飲んだから捕まるとヤバイからと休んでただけよ。違反すれば同乗者も罰せられるんじゃーない」

美子を他の男に取られまいとの思いと嫉妬深さが絡まり、誰と何をしていたかとことん問い詰める。事実を話しているのに納得しないと堂々巡りの「尋問」が明け方まで続いたことがよくあった。美子は、親しくなった頃に抱いていた昇二への好意が失せていくのが分かった。うっとおしいので次第に会社の飲み会や同窓会にも出なくなっていた。籠の鳥みたいな自分の心の片隅には、煩わされずに好きな人と愛し合ってみたいという思いが強くなっていた。

数年は、会社の経営も順調で忙しくなった。美子は、勤めを辞めて奥野鉄工所の事務所に入った。ところがある日有明精工の大木社長が青い顔をして訪れ異変が分かった。

「奥野君、突然だがまことにすまん事態になってしまった。親会社が人件費の安いベトナムへ来年中に工場を移すと言うんだ。うちもベトナムへ設備を移すか廃業するかの判断に迫られている」

自動車メーカー自体が、製造原価を下げるために製造拠点を東南アジアに移す傾向は分かっていた。しかしあまりにも急な話で対処のしようがなかった。工場を作る時に要した銀行借り入れが、まだかなり残っている。だからすぐに廃業届を法務局に出すこともできない。とにかく現場要員二人に辞めてもらい工場を畳んでから、時間給のいいガソリンスタンドの早朝、夜間のアルバイトに精を出した。

「体も疲れるし借金は思うように返せないから、それにつれ元々飲める体質だから酒の量が増える。注意すると手が出るようになったの。私もパートに出て働き頑張ったけど家庭内暴力、それが出るようになってからは冷めてしまって。人柄が全く変わってしまったの。我慢も限界だから別れる算段ばかりが先になって」

うなだれた美子の目からひと筋、また一筋、膝の上に置かれたハンカチを濡らすものがあった。暫く沈黙が続いたが、やがて晩餐最後のデザートが運ばれ紅葉館の季節の味わいを堪能した。

「さあー、もう一度湯につかろうか」

再び露天風呂に入りお互いの体を洗いあった。敏夫は、美子の背中を流しながら先ほどの話がよみがえり一層いとおしくなった。

美子の体は、全体が性感体といっていい。特にうなじ、お尻、背筋、足の裏などどこを触っても心地良いという。

「好きな人に触れてもらうとどこでも感ずるわ」

そう言って徐々に高まり感極まって泣き出す。長いはずの一夜がすぐに明けて帰り支度をする間中もじもじしている。

「さあー、帰りますよ、急がないと間に合わない」

「私、帰りたくない、このままマンションへ帰ってずっと一緒にいたい」

「そんなことを言って、それじゃー、我々の間も駄目になってしまう。それは、わかるでしょ、よっちゃん。敏ちゃんがそれほど好きだということは分かったから。とにかく今日は帰ろう」


その小旅行から帰って二週間ばかり後、敏夫がマンションを訪れた際に美子が切り出した。先日、兄が話があると言ってやってきたという。

「美子、久しぶりだな。何だか暫く見ないうちに色気が出てきたみたいだぞ。これができたんと違うか」

左手の小指をあげてみせた。

「ずばり、そうなの、好きな人が現れたの」

「分かってるはずだが、今度は大丈夫だろうな。酒のほうは」

「心配ないよ。大事にしてくれる。ラブラブよ。この前ね、鹿の湯温泉へ泊りに行ってきたの」

「そこまでいっているのか。誰だ、その男は？」

「日の出駅から新陵街道に下る途中にある平成食堂の社長さん。今、毎月お金をもらっているわ」

「なんだ、援助交際で単なる火遊びじゃーないのか。真剣かどうか確かめてあるのか。向こうは妻子があるんだろ」

「孫もお祖母ちゃんもいるわ。そこまでは詰めて話はしてないけど」

「ええっ、孫まで、大丈夫かその男。遊びじゃーないか心配だな。ところで偶然だが、今日はそのことと関連ある話を持ってきたんだ。実はな、このマンション古いだろ。耐震設計もされていないから取り壊して建て替えるか、それとも更地にして売るか検討中だ。いずれにせよ美子には、近いうちに出ていってもらおうと相談に来たんだ」

兄は、美子とは対照的に色黒く大柄でせわしなく話す。とても同じ兄妹とは思えない。

「いい話がある。ここから遠くない新陵街道と道和街道がぶつかる八剣平に戸建て物件がある。貸家でも売却でも、どちらも可だ。その社長さんに話をしてみたらどうか」

「いいわ、今度会った時に聞いてみるね」

兄が帰る途中だからと言って美子を八剣平のその家まで案内してくれた。

その次の日曜日、敏夫が八剣平の家を見ながら化粧品を買ってあげると言って美子を嬉しがらせた。いつものようにマンションを訪れた日の午後、美子の兄のところへ寄り例の家のカギを借りた。

「飯田です。美子の兄です。妹を宜しく」

頭を下げながらいつものように早口で自己紹介した。

「大村敏夫と言います。美子さんは、責任をもってお預りします」

型通りだったが、そつのない挨拶で義理の兄弟ができあがった。家の敷地は四十二坪、延べ建坪三十坪、小さいながら庭があり玄関を入ると左側に風呂、右にトイレがある。その奥に台所兼食堂と居間、洋間と続く。トイレの前が階段で上がると右に四畳半、左に六畳の日本間という作りになっていた。

「二階の四畳半にはガス管が来てなかったな。暖房は石油ストーブでいいか。道路からは少し入っているし静かないいところだ。電車の駅にも歩いて五分くらいだから俺が通勤するにも問題ないし」

「そうね、敏ちゃんも店をでればどこかへ勤めないとやっていけないでしょ」

「そうだよ、だからこれから職探しだ」

化粧品は、美子がレジのパートをしている店を避けて少し遠回りした。買い物かごを覗きながら
「うーんと、化粧水、乳液、顔と下地のクリーム、マスカラ、アイシャドウなどで一万円くらいになるけどいいかしら」

「いいよ、好きな人のためなら全然大丈夫。ちょっと聞きたいけど、マスカラってなにかな?」

「まつげを長めや濃く見せるために目元につける化粧品で、化粧水やクリームなどがあるの」

「アイシャドウは?」

「まぶたに深みを持たせるというのか、何って言ったらいいかなー、まぶたに濃い色とか薄く塗ってその付近を引き立てる化粧法かな。でもそんなこと聞かれたことないからうまく説明できないよー」

何だか半分くらい分かったような気がして改めて美子の顔を見つめ直した。

「お願いだからそんなにじっと見ないで。恥ずかしいわ」

「女の人は、お化粧に時間をかけるけどそういうことなんだ。金も時間も大変だねー」

「そりゃー、女性は誰にでもきれいに見られたい一心よ」

「おいおい、誰にでも、は困るな。美しいからと言ってよっちゃんが誰からか話しかけられたら嫌だな」

「何をいってるの、一番見られたいのは、敏ちゃんに決まってるじゃん。いつも近くにいる人にきれいと思われたいの」

敏夫は、この家の件は、今週中に兄さんの所へ行き内金を納め購入の仮契約を済ませるつもりだった。

「本当に静かでいい所だね。気にいったわ」

「それでは、帰るよ。またね、愛している。よっちゃん」

そんなことがあって二日ばかり過ぎた日の午後、「準備中」の時間に洗濯をしていた孝子がいぶかった。

「ちょっと、父さんの下着やシャツ、香水の匂いがするけど。なぜかしらね」

敏夫は、一瞬ぎょっとして言葉につまった。

（美子がいつも使っているフェラガモが染みついてしまったな。やばい）

何食わぬ顔で両唇を前に突き出しながらおもむろに
「ああ、先週の土曜日の夜、踏切の向こうにある横山ビルにある居酒屋へ行ったこと、知ってるだろ。そこで女性のお客とデュエットしたから。ぷーんと強い香水の匂いが鼻についたけどそれが残っていたんじゃーないのかな」

「知らない女の人と歌ったの。それでどうして匂いが」

「ふたりの大阪と銀座の恋の物語を歌ったんだ。マイクが一つだったたから。くっつかないと二重唱にならないだろ」

「ふーん、でもね、今度ばかりでなくなんか匂うんだよね。最近は」

いぶかしげに首をひねったが、そのまま作業を続けた。

「いつも洗濯、掃除をやらせて悪いから、洗濯はこれから自分でやるよ」

こんな嘘が良く言えるなと思ったが、こうはぐらかしてその場をのがれたものの首筋にべっとりと汗がにじみ出ていた。こんな一件があり美子のことを切り出さなければと思いながら決心がつきかねていた。化粧品を買いに出た次の週の日曜日、例のごとくマンションを訪れて昼ご飯を終わった時、敏夫の携帯に着信音が鳴った。

「誰から、兄貴、それともお店から、店、今日は休みだよね」

「女房からだ。何の用事かな。悪いけど帰るよ」

最近孝子に何かと聞かれて頓珍漢な返事ばかりしてきたから何となく胸騒ぎがして急いだ。外は風が強く吹いており街路樹の夾竹桃の紅、白の花が目にしみた。居間に入ると祖母が険しい顔、孝子が沈痛な面持ちで睨みつけている。しーんと静まり返った部屋に庭木のざわざわとした音が聞こえるのみだ。

詰問

「敏夫、お前さんは、競馬とかなんとか言ってどこをうろついているんだい」

静江が、開口一番強い調子でなじった。敏夫は、無言で頭を下げたままだった。

「あんたが何も言わないなら私に言わせて」

孝子が、憤然として座り直し正座した。

「今日ね、買い物にスーパーのピーゴへ行ったの。そしたら、あの鍋焼きうどんの好きな諏訪さんに会ったわ」

「今日は、大将と一緒じゃあないんかい」

「いつものように競馬よ、趣味はあればかりだから」

「おかしいなあー、先週と今週は休みのはずだが……。ああ、余分なことを言ってしまったな。誰か友達と飲み会でもやってるんじゃないか」

ペロッと出した舌を引っ込めながら口をもぐもぐさせた。この諏訪証言で敏夫は追い詰められた。

「年中、競馬があると思っていたけど違うんだね。私に嘘をついて。そいじゃー、誰と付き合っているの」

孝子の厳しい口調の追及に敏夫は、とっさの返答に窮し
「すまん、言い出しにくかったんだが、ある女の人と」

苦虫をかみつぶしたかのように顔をゆがめてぼそりとつぶやいた。

「じれったいし、馬鹿だねー、付き合っていると言えば女に決まっているじゃないか。どこの誰かと聞いてんるんだよ、孝子は」

「南部書店にいた奥野美子だ」

「驚いたよ、あの子とかい。そういえば彼女を最近見かけないと思ったが、お前とできてるなんてねー」

「成程、それで競馬新聞も買いに行かなくなったんだ。あの香水の件もね」

「何だい、香水のなんやらとは?」

「最近、この人の着るものを洗う時に匂うの、香水が。それで聞いたことがあるの。そ

うでしょ、あんた」

敏夫は、防戦一方で言い開きする理由がみつからない。暫く沈黙が続いた後に
「敏夫、それでこれからどうする積もりかぇ。好きだとかほれたなんぞとか言っても高校三年生の若者じゃーあるまいしさ。還暦に近いし子も孫まである身で。世間に知れたら私らは笑いものになるだけさ。本気なのか、お前は」

「孝子にもお祖母ちゃんにもすまんと思っている。だけど本当に好きになってしまったんだ。だからどうしようもない。結婚しようかと思っている」

「ええーっ、結婚。本当に」

孝子が首をすくめながら絶句した。

敏夫も座り直し正座になり二人に深く頭をたれた。ポットの湯が沸いたか合図の音が部屋の隅から鳴った。敏夫の胸の内は、外の風と同じくざわめいている。

「こんな時に柳さんがいてくれたらねー」

静江が、二年前に亡くなった孝子の父親を思い出し愚痴ったが、思い直し
「幾つだい、その子は」

「四十八歳でバツイチだ、子供は一人で別居している」

ついついマルイチという言葉が出そうになって口を押え言い直した。

「なに、なんだって、結婚するって、お前は、真面目に本気で。あきれたよ。好きだとか言ってのぼせても三カ月か半年もすれば冷めてしまうに決まっている。道ならぬ恋路のいや、道ならぬ恋路の闇夜だよ。これは。お金を払って、なかったことにするのが一番」

突然、黙って二人のやり取りを聞いていた孝子が泣き崩れた。

「みんな、私が悪いの。忙しさにかまけて夜のほうもほったらかしにして。私が、私が……」

「いや、孝子は悪くない。俺がいけないんだ。けどさっきも言った通り美子を本当に好きなってしまったから許してくれ」

敏夫が再度、深く頭を下げた。ここで静江が諭し口調で二人に話しかけた。

「大変なことになってしまった。しかし今日のところは、事情がわかっただけ。解決の道が出ない。だから一週間頭を冷やして敏夫に考え直してもらうのさ。来週日曜日の夜にまた話し合おうよ。この食堂だって、敏夫が出ていけば営業を続けられるかどうか分からないし。お互いにこれからのことを考えて一番の方法を考えように」

その夜から二人の寝所は、孝子は一階、敏夫は二階と別々になった。その夜敏夫は、事の顛末を美子にメールした。

〈敏ちゃん大変でしたね、これからどうします〉

〈今度の日曜日、相談しよう。買うための本契約と残りの金を払いなるべく早くあの家に住もうと思ってます〉

次の休みの日に敏夫は、美子を訪ねると言って朝から店を出た。

「敏ちゃん、本当に一緒に住んでくれるのね。うれしいわ」

マンションの玄関に入ると美子が、両手を合わせながら顔を敏夫の胸にうずめた。

「うん、ここまで来たらもうひき返すことはできない。だからあの家を買うんだ」

「お金は問題ないの？　家のほうとは話が付くかしら」

「店のお金は私が管理しているから大丈夫だ。家の価格は高くない。それくらいの金なら何とかできる。もう向こうの口座に払うばかりの段階だ」

「流石、太っ腹だわ。社長さんだけあるわね」

「今晩、家で先週の話の続きがある。そこで決着をつけるつもりだ」

両肩を耳のところまであげ口をぎゅっと締め強い口調でつぶやいた。

その夜、大村家の居間で先週の話の続きが始まった。

「敏夫、今日その美子やらと話し合ったと思うけど。どうなったのさ」

「ばーちゃんや孝子には、本当に申し訳ないけど別れることはできないんだ。この家を出ていくつもりだ」

「それでどこに住むつもりかぇ」

「もう八剣平に中古の家を買ってある。美子を入籍させて来週くらいからそこで暮らす。現金で孝子に慰藉料として五百万円を渡しこの店と土地の権利は放棄する」

「成程ねー、もうそこまで進んでるんだ。店と土地の権利はいらないというが、元々は死んだおじいちゃんと私のものだよ。それをお前は受け継いだだけなんだ。大きな口をきくもんじゃないよ」

敏夫と静江のやり取りを孝子は、じっと下を向いて聞きながら明日からのことを考えていた。

（この家から出ていくとさ。本気なんだ。そうしたら店は、ばーちゃんとパートさんの三人ではやっていけないし。どうしようか）

「この前も言っただろ。もう一度だけ言うよ。お前のやっていることは、道ならぬ恋路の闇夜だって。そのうちに熱が冷めた時分に放り出されるんじゃーないか。もう一度胸にじっと手を当てて考え直しておくれよ。なー敏夫」

敏夫は、黙ったまま下を向いている。勤め先を探して美子と二人で新居に住んで仲良く暮らせる。そのことしか頭にはなかった。この夜の話し合いはこのまま終わり、敏夫は二階の自分の部屋に戻っていった。

「お義母さん、どうします。これからのこと。あの人が、あんなに真剣だとは思ってもいなかったのでショックだわ」

「孝子には、本当にすまないと思っている。あんな息子で私は恥ずかしい。あんたは、こちらから頼んでこの家に来てもらったのにさー」

「あの人、先程来週から向こうで住むと言ってたから。今週はこのまま営業してその先をどうするかですね」

「その先は、しばらく休業してから考えように」

静江が、少し首を右に傾けながら額にしわを寄せた。

「そうだわ、こうなったら昭雄にこの店を継いでもらうしかないわ」

孝子が、長男を呼び寄せる案を思いついた。

「そうか、昭ちゃんにね。それはいい考えだと私も賛成だよ。でも会社を辞めて継いでくれるかな」

「今年のお正月に来た時に会社勤めをするか店をやるか話し合ったことがあるの」

「私は聞いていていなかったけど。それであの子の考えは?」

「うん、継ぐことにまんざらでもない口ぶりだったわ。調理の専門学校を出ているし今の仕事も総菜づくりだから。全く畑違いの仕事とは言えないしね」

「それで敏夫も、この店をおっぽり出すことを気安く考えていたんかなー。しようのない奴だ。あいつは」

二人で話し合った善後策は、とりあえずまとまった。

「孝子さん、敏夫は、彼女を入籍させると言ってたね。離婚手続きを早くしてあの子がこの家と関係ないようにしたほうがいいよ。この店と建物を何かの担保にでもされたら取りかえしのつかないことになるから」

平和食堂では、次の週から閉じた店の前に「当分の間お休みします」のお知らせが張られた。「出前致します」の旗竿も降ろした。

中古住宅での新婚生活

敏夫は、美子のマンションから車に積める荷物を八剣平に運びベッドや食卓などは引っ越し屋さんに頼んだ。

「ねー、敏ちゃん、この電気こたつ持っていくかどうする？　もう十年以上も使っていて捨ててもいいんだけど」

「どれどれ、ちょっとコードの差し込み口のところが傷んでるみたいだけどテープを巻けばいいだろう。持っていこう」

電気こたつは、引っ越し屋さんの荷物に入れておいた。仕事探しは、旧知の麺類食堂組合のある役員に依頼済みだった。

引っ越して三日ばかり経ち荷物の整理が終わりかけた頃の夕方である。

「今連絡が入ったけど。いい具合に仕事がみつかるかも知れない」

「ええっ、そうなの。良かったわ。どんなところ」

「瑞両区にある市立の民俗資料博物館の敷地内にある食堂で板前を募集していたんだ。大倉聡さんという人が運営を任されているんだが、調理師の一人が急病で退職したらしい」

ホテルの板場と博物館の食堂の二つの就職口があったが、ホテルは給料は高いものの勤務時間が不規則で昼間勤務のほうを選んだ。

「大倉さんは、瑞両区で角善という麺類食堂をやっていたが、店を畳んで六年前から今の食堂に移った人だ」

「それで来てくれということになったの」

「いや、一度身上書を持って会いに来て欲しいとのことだ。明日がいいというので行ってみるよ」

「うまくいけば、いいわねー」

「麺類食堂組合の関係で知らない人ではないから大丈夫だと思うが」

敏夫は、引っ越しの荷物を段ボールから出しながら首を縦に振って自信ありげな口ぶりだった。翌日の面接では、お互いに店を辞めた者同士で気が合い採用が決まった。美子のことは、訳ありとだけ言ったのみだったが大倉も事情は承知したという仕草でそれ以上何も聞かなかった。翌日に都合がつき次第、来て欲しいとの知らせが入った。

「そうだ、平成食堂と似て何でもありの食堂だから俺がちょうどいいってさ」

博物館の開館は午前九時半、閉館は午後五時だが、食堂は、九時半に営業を始め午後四時半に終わる。

「給料は、日給月給で高くはないが日曜、祭日の翌日は休みだそうだ」

「日給月給って、なーに」

「完全な月給制でなく一日幾らかで働いた日数分を月末に貰える制度のことだ。ここからなら四十五分くらいで通えるから文句はいえないいな」

「そうよ、御の字だわね」

美子が敏夫の首っ玉にぶら下がり喜んだ。

「ところで娘さん、沙耶香さんに我々のことで話は通じているの」

「この前電話で再婚すると言って、今までの経過を話したの」

「そしたら、何て」

「知らないおじさんだから会いたくもないって、好きにやったらとつれないの。でもね、気なることがあったの」

子供ができたみたいで、つわりがひどいと辛そうなので産婦人科を受診するように勧めたという。

「その後の連絡によれば、医院で流産させるには遅すぎると言われ困っていると泣き言をいわれたわ。沙耶香は、自主性のない子になってしまい心配してるんです。同棲の相手が自動車組み立ての期間工であまり頼りにならないし。でも責任は私にあるんです。あの子は可哀そうな子なの。私達二人の仲が悪くなり前の旦那が荒れる。我々がいさかい合う。それで離婚する中で高等学校二年生で不登校になり退学したわ。素直で頭のいい子だったのにねー」

美子は、一気にここまでしゃべった。その後左手を口元から鼻先までもっていきため息をついた。敏夫は、まだ会っていない義理の娘の姿を想像しようもなかったが、この縁が元でとても厄介なことが起こるとは思いもよらなかった。重苦しい美子の泣き面を吹き飛ばすように景気づけをした。

「前祝いに今から寿司を食べに行こうか。小森街道にある江戸前寿司がいいだろうな。食後の甘いものもあるし。帰りにスーパーの草加堂へ寄って化粧品と衣類を買ってあげようか」

「まー、嬉しいわ。化粧の下地や着るものも無くなったところだから助かるわ」

美子が途端に笑顔に戻り小躍りして喜んだ。寿司屋では、握りでホタテ、イクラ、あなご、くるまエビ、鯛、カニ、シャコ、赤貝、アワビなどを大盤振舞した。甘党の美子は、食後にマンゴーパフェアイス、敏夫は、わらび餅でつき合った。支払いを終わったところで美子が聞いてきた。

「高かったでしょう。大丈夫」

「一万二千円と少々だ、心配ないよ」

右手で胸を軽くたたき鷹揚にうなずいた。スーパーでの買い物は、ティーバックのショーツ、ブラジャー、セーター、スカート、ブラウス、ジャケット、ボディスーツなどがかごに埋まった。

「全部で二万五千円になってしまったわ。買うもの少し減らしましょうか」

美子のいいところはいつもの外食時もそうだが、負担をかけまいとして支払い金に気を遣う点だ。喜怒哀楽を素直に表わすのも美子の特徴の一つ。特にうれしい時は大きな声で出して反応する。プロ野球の東京ロビンスのファンで野球中継のテレビを見ている時は騒がしい。

「やったー、駒場が満塁逆転のホームラン」

大声でわめくので敏夫は、新聞が読めなくなりテレビに目を向けることが多い。バレーボールの観戦にも熱が入る。美子は、中学、高等学校の時にバレー部に入っていた。特に国際試合になると日本のチームの一挙一動に金切り声を挙げる。サーブやボレーの度に
「ニッポン、ニッポン、それいけー」

手を叩いて声援を送るか落胆のため息が部屋中に響く。その騒がしい事。

孝子は、逆に感動を表面に出さない性格で、滅多に涙を見せない。物事に一喜一憂せず冷静に行動する。だから真逆の美子を好きになったのかなと敏夫は思う。

「前祝いだから、それに好きな人のためだったら何でもないよ」

大きな口をたたいたが、実のところはそれほど金にゆとりがある訳ではなかった。新居の購入資金、慰謝料、引っ越し費用など何だかんだで懐具合はさびしくなっていた。しかし就職口が見つかったので先行きの不安はなかった。家に帰ると美子が
「今日は有難うございました。ショーツ、ブラジャーは同じ柄や色で取り揃えてあるの。好きな色があったら朝出かける時に言っておいてね。顔は一生懸命に磨いておきます」

敏夫には、やっぱり一緒に暮らすことになって良かったという喜びが、じわーっと湧いてきた。

家族会議

「出前致します」の旗竿を降ろした平成食堂では、昭雄を交えて家族会議を開いた。敏夫が家を出るまでの一部始終を話した後、静江が口火を切った。

「昭雄君、休業のお知らせを出して二日目になるがの、私達の生活があり閉める訳にはいかん。このまま店を続けるか縮小してやるかどちらか選ばねばならんから呼んだんよ」

「私とばーちゃんと二人だけでは、今まで通りやることは無理。だから昭ちゃんが会社を辞めて継いでくれるのが一番いいんだけどねー」

孝子が両腕を組んだまま背筋をピーン伸ばし息子の顔を見つめた。

「俺の勤める会社は、零細企業で給料も賞与も世間並にはもらえない。納入先の量販店も業界大手との合併話がよくあって注文をいつ打ち切られるかもしれん。みんな、ビクビクしている。納入先相手は、年中無休。土曜出勤と忙しい時は残業だし休日も出る時がある。だから店を継いでも条件が悪くなる訳ではない。俺は独り身だし。いいよ、二週間ばかり時間くれれば会社を辞めても」

拍子抜けするほどあっさり二人の要望を受け入れてくれた。三週間後に平成食堂を再開することにした。その間を利用して店の前の塗装を塗り直し明るくすること。二番目に若者対策としてメニューにスパゲッティを加え具とソースの種類を豊富にすると決めた。コーヒー、紅茶も出すことにした。スパの担当は昭雄が受け持ち、その代わり出前は止めることになった。

「雨降って地固まるだよ」

静江が、ぽつりと一人ごちた。

敏夫の出勤がはじまった。博物館内の小庭園のもみじがほんのり色づき始めた季節になっていた。人生で初めての給料取りの生活である。朝八時半に家を出て夕方の六時半ころには帰ってくる毎日。どこかへ寄るではなし、判でついたような家と職場の往復を繰り返した。特別に変わったことのない日が続く中で夕食には缶ビールと純米酒少々がついた。

「前だったら一番忙しく働く時間にこうして好きな人を前にして酒が飲めるなんて、幸せだなー、僕は――」

どこかで聞いたことがあるような唄の台詞《せりふ》を真似ながら杯を傾けた。少し酒の相手をしながら美子が尋ねた。

「食堂で何人働いているの」

「調理が二人、それと注文取りの女性と洗い場にそれぞれ二人の合計六人でやっている。前からいる人は大倉聡さんと言うんだが、丼ものと揚げ物が得意で私が麺類が得手だからちょうどいい組合わせだよ」

「忙しい時はそれでやっていけるの」

「催しものによって団体客がどっと来る時間帯があるようだ。大体お昼に集中するがね。だから予め事務局に団体数を聞いておいて備えるんだ。それと団体のお客さんには予約を呼び掛けている」

美子は、以前やった事のあるドラッグストアのレジの仕事を一日四時間だけ始めた。金銭処理だけで他の男達との接触もなさそうなので敏夫は了解した。

「ねー、ちょっと相談ですけど。私ねー、趣味でトールペイントをやりたいの」

「なんだね、トールペイントというのは、ペイントだから何か塗るとかそういうもの」

「その通り、今日、元町にある区の生涯教育センターへ行ってきたの。そしたらトールペイントの講座が目にとまったわ、私、高等学校の時にこの同好会に入っていたからね」

美子の示した講座一覧表には、詩吟、書道、陶芸、民謡、コーラスなどと並んで確かにトールペイントの講座もある。週一回で持ち物は、筆、絵の具、エプロンなどで講座料は一回千円とあった。

「要するに大人の塗り絵みたいなものよ。Tシャツ、陶器、布、紙、ブリキ、ガラスなどなんにでも好きな絵を描くの」

美子が、教育センターでもらってきた紙に書いた作品の一つを差し出した。

「そうか、大人の塗り絵ね、トールペイントは」

「まあ、そんなところです」

トールペイントは、欧州の伝統的な装飾技術を基に移民により米国に持ち込まれたとされる。油絵具、アクリル絵の具などを使い丸筆、平筆、線を引く筆などで描く。このうち、アクリル絵の具は、どの素材にも合うし発色が鮮やかなうえに速乾性があり良く使われる。美子の解説を聞きながら敏夫は
「いいんじゃーないか、そんな趣味があるとは知らなかったけど部屋の飾りになるだろうし」

「その代わり、絵の具とかできた作品が散らばるけど我慢してね」

暫くすると玄関の下駄箱の上や居間の隅などに美子の芸術品が並んだ。

娘一家の同居

こうして敏夫は、博物館に通い、美子がトールペイントに精を出し平凡で平穏な日々が一年半近く過ぎた。家の中の壁には、額縁に入れた美子の作品が目に付くようになっていた。十一月のある日の夕方いつもの時間に玄関を開け、

「美子、今帰ったよ」

迎えの言葉がないのをいぶかりながら居間に入る。すると目の前にもう十分に目立つお腹を抱えた沙耶香が座っているではないか。先ほど大きな荷物を持ってタクシーで訪ねてきたという。

「今日は、ごめんね、突然来て、おじさん」

「沙耶香、おじさんではないっていってこの前言ったでしょ。お義父さんと言いなさい」

美子が、上の歯で下唇を噛みながら沙耶香を見据えた。

「でも今初めて会ったんだもの、だからまだおじさんだよ。そうでしょ、おじさん」

突然の「娘」が現れびっくりしたが、相手の言う通りだとは思う。正直でいいが、正式には、お義父さんでもある。敏夫は、少し首を左右に振りながら黙っているしかなかった。

「昨日、産婦人科で言われたの。もういつ産まれてもおかしくないって。だから母さん

に助けてもらうしかないわ。もう一つ大変なことがあるんだ。翔太が今月で雇止めに、つまり首になるんだって」

茶髪で長い爪をはやし両手に派手なネイルをした沙耶香。

（まるでトールペイントみたいだな。ネイリストだから当然か。それでももう爪を切らないと入院もさせてもらえないだろうな）

座ったままお腹をさすりながら沙耶香が母親に向かってほんの少し頭を下げた。

「彼ね、来月から失業保険がもらえるみたいだけど、次の仕事を探さないとダメなんだ。二年十一カ月も勤めたのに首だって。住むところがないし子供が生まれるからここに置いてくれないかなー」

沙耶香が翔太から聞いたところによると、期間工の勤務年限は初めから期間が決まっている。三年以上働いた場合、本人が会社に申し出て認められれば無期雇用契約に転換できるとのことだった。エンジンの組み立て部門で昼勤、夜勤の二交代制下で働いていた。ところが二年十一カ月働いてあと一カ月というところで雇止めにあった。勤められなかった一カ月は、勤務年限に加算されないから正社員への道はない。この雇止めは、かなり以前から給料を増やすなどの好条件でこの会社が採用している独自の制度。翔太は、体がきつくもう一度やり直しの応募はしたくないという。残っている十日間の有給休暇を利用して来月から職探しをするらしい。

「それは、私でなくお義父さんにお願いすることでしょ」

美子が、娘と敏夫を順繰りに見回してうながした。

「頼みます、色々と困ることが多くなって」

今度は、おじさんともお義父さんとも言わず頼みごとを繰り返した。敏夫は、返事のしようがなかった。受け入れれば二人の生活が破壊されることは明らかだった。だからと言って断っても赤子と共に居座られることは防ぎようがない。沙耶香の口から自分たちで生活すると言ってもらうのが最善だが。

「翔太君だったな、彼はこのことをどう思ってるの」

「期間工の年限に合わせて会社のアパートの部屋を借りているけど。今月で契約が切れるから出てかなくちゃー、駄目なんだ」

「そしたらどうだろう。早いうちに彼がここに来て事情を説明してもらう。その上でないと判断できないな」

「それがいいわ。彼が一家の主だから、きちっとけじめをつけてくれなくちゃー」

美子が同意して取り敢えずこの場は納まった。だが沙耶香は、荷物をほどき長居の構えである。翌々日の夜、昼勤明けと言って翔太が敏夫宅を訪れた。

「大口です。沙耶香がお世話になってます。お聞きになったと思いますが自分が今月で雇止めに。在職中の勤務状況で判断されますが。残念ながら無期雇用にはなりませんでした」

大きな組織の中で働いているだけに、それなりの挨拶はできる。

「あなたのことは、沙耶香さんから聞いてます。ただね、私達もここに住んでまだ一年半とちょっと経っただけ。見た通り狭い家だから一緒に住めないのは分かるでしょう」

「分かってます。だから明日からでも有給を使って職を探します。良い所が見つかれば家も借りて出ていきますから」

翔太は、二十四歳、色黒、中肉、中背だががっしりした体躯で人見知りはしない性格のようだ。はっきりものも言えるが、学歴はあまり学力の高くない私立の高等学校卒業で正規の事務職は難しそうだ。翔太は、数日して前のアパートを引き払い敏夫宅に舞い込んできた。結局、大口一家が二階に住みつきいつの間にか当たり前のようになっていった。

そうこうするうちに沙耶香が産気づき、産科医院で女の子が生まれてしまった。敏夫は、目をつぶったままの赤子を見ても複雑な心境である。他人の孫だから心底から可愛いとは思えない。美子は、産着を買ったり産後の娘や赤ん坊の世話でトールペイントどころでなくなった。

「これから寒くなるから赤ちゃん用にあのこたつを二階で使ってもらおうかな」

敏男が非番の日に美子がそう言ってマンションから持ってきた古ぼけた電気こたつを二人で二階へ運んだ。四畳半には、石油ストーブを置き灯油も買い込んだ。知らぬ間に家族は増える、夜泣きに悩まされる。私事がなくなり敏夫達の私生活が一変した。二人の間の睦言もなくなり、何となくイライラし気が重く寝付けない夜を度々迎えていた。

敏夫は、休みの日を選んで近くの病院へ出かけた。商売を長くやっていたため今まで健康診断なるものを受けたことがなかった。内科で尿、血液、心電図の検査を受けた後の診察で五十歳くらい、すっきりした顔貌《かおかたち》の整った医師が血圧を測った後にやさしい口調で問いかけた。

「上が一八〇で下が八五、血圧が高いですね。検査結果の出る一週間後に来て下さい。眠れないですか、そうしたら取り敢えず睡眠導入剤と血圧の降下薬を出しておきましょう」

ちょっと家庭の事情が激変してと言いたいところだったが、待合室で多くの人が待っており言い出しにくく口ごもった。

「イライラしたり、たまに動悸がするんですが」

「ストレスをためないようにして下さい。自律神経が不安定になり緊張や興奮などの症状が現れますから。家族の方で心筋梗塞になった人はいますか」

「はい、父親が急性心筋梗塞で亡くなっています」

「生活習慣に気を付けて下さい、酸素や栄養を心臓の筋肉に送るのが冠動脈、これが血栓により閉塞して起こるのが急性心筋梗塞、脳の血管がつまれば脳梗塞となります」

田代という医師の説明を聞きながらも、敏夫は明日からの生活改善をどうしたらいいか具体策が思い浮かばなかった。家に帰ると美子が心配顔で結果を聞いてきた。

「生活習慣病にならないように注意を受けた。ストレスをためない日常生活が大切と言われたけど」

「申し訳ありません。うちの家族が住みつきストレスの元を作ってしまって」

美子が、すまなさそうに両手を胸に当てて頭を下げた。

「そうばかりではないさ、俺の今までの不摂生も影響しているから。そんなに気にしなくてもいいいよ」

医師に言われた通り一週間後の再診では、悪玉コレステロール値と血糖値が非常に高かった。尿にたんぱくが出ていると注意され血糖値を下げる薬が処方された。

「糖尿病の治療が必要です。十分に注意しないと心筋梗塞が起こる恐れがないとは言えませんから」

久しぶりの健康診断で思いのほかに体が痛んでいることで余計に気が重くなった。

翔太は、隣の区にある公共職業安定所、ハローワークへ通う毎日だったが、条件の良い職が見つからず疲れて帰る毎日。

「求人数が多いのは警備員とか飲食業などに限られるんだ。でも食べ物屋とか飲み屋は、帰る時間が遅いし俺は料理ができないから、出前の配達か注文取りしかやる事がないしな」

沙耶香を前に愚痴ったが、ある日地下鉄の駅構内に置いてあった求人募集のタウン誌で〝時代に挑戦する生活創造館　アフト〟の広告が目にとまった。アフトは、衣類や食料品を除く生活雑貨を売る店で本社東京だが、来月からM市の中心街に新店を出すため社員を募集中なのだ。斬新な着想で開発した商品を取り揃えて若い世代中心に人気がある。

ある日珍しく家族五人が揃った夕食時に、翔太がこの話を切り出した。生まれたばかりの長女万結は、授乳の後ですやすやと眠っている。

「仕事はレジとか商品の発注、陳列、商品案内の作成などで最初は時給ですが、十カ月後には正社員への登用もありだそうです」

「資格はどうなんだ」

敏夫も関心を持って話に加わった。翔太が、正式に雇用され独立して出ていってくれれば願ってもない話になる。

「高卒以上だから問題ないです」

「勤務時間はどうなっている?」

夜勤とかで明け方に帰宅するような仕事では、自分がもたない。敏夫も真剣に聞かざるをえない。

「A、B、Cの三つのコースの交代制で、例えばCの場合は早番が午前十時十五分から午後六時半、遅番が十二時出勤で終わりが午後八時十五分になってます」

翔太は、居候の身だから気をつかい前職のような夜中か明け方に帰宅するような職業の選択は考えていなかった。それだけに遅番の時間のところに力をこめた。

「お客さん相手の商売だから多少遅くなるのは仕方がないな。うーん、いいんじゃーないか、受けてみたら」

和やかな雰囲気の中でひとまず「親子」の話し合いがまとまった。数日後に簡単な筆記試験と面接があり幸いにも採用が決まった。最初は、パートさん扱い、給料も時給ながら独立への見通しが出てきた。アフトは、七階建ての賃貸ビルに化粧品・化粧雑貨、家庭用品、内装用品、文具のほかにカバン、自転車、旅行用品などの生活雑貨全般を扱う新業態の小売店舗を全国的に展開している。

「十カ月後には、正社員への登用もあるそうですから頑張ります。お義父さん。そうすれば昇給も賞与もあり社会保険にも入れてもらえます」

そうなればの話だが、翔太一家がここから出て独立できる展望がみえ始め敏夫は安どした。翔太の勤めが始まり、朝九時過ぎに家を出て帰りは午後十時少し前になる。終業時間は、午後八時十五分だが、後かたづけや明日の準備などをしていると会社を出るのが八時四十五分頃になってしまうからだ。売り場の多くは、専門店が入っている。社員の仕事は、直営店の運営や全館の見回り、入居者に何か問題が起きた場合の調整役である。

翔太が、帰宅して夕食、風呂を済ませると午後十一時近くになる。敏夫は、これでは明日の仕事に差し支えると二階に住むこととした。それでも階下の万結の夜泣きや夫婦の話声などが聞こえ、敏夫のストレスは解消されなかった。美子は、夜中にいつも寝苦しそうに、敏夫がふーっと息を吐くのが気になった。

集中治療室

二月の寒い日で前日に降った珍しい大雪が、屋根や道路沿いに残っていた。いつものように敏夫は、朝食後の薬を数種類飲んで八時半に家を出て博物館に向かった。私鉄を乗り換えて地下鉄駅の乗り場に降り立った時に誰かにぶつかったような衝撃を受けた。思わず目の前を手で払ってみた。

（おかしーな、誰もいないし）

敏夫は、手足のしびれを少し感じた。また左の胸のあたりが痛く締め付け感もあった。だが気のせいだと思いそばの長椅子に腰掛けた。十分くらい休憩し博物館に向かったが、職場で包丁がうまく握れないことに気が付いた。その内にろれつがまわらなくなり、意識がもうろうとなり救急車が呼ばれすぐ近くにある大学病院へ運ばれた。大倉は、救急隊員に敏夫が出勤途中に地下鉄の駅構内でめまいを感じたことなど朝の異変の状況を説明した。

大倉が敏夫の身上書に書いてあった美子の携帯番号へ連絡した。

「市立の大学病院へすぐ来て下さい。旦那さんが倒れ救急車で運ばれましたので」

「ええっ、すぐに向かいます。大倉さんの電話番号は？　ああ、この番号でいいんですね」

慌てているから携帯画面の〝電話してきた相手を見る〟を押し直せば分かることを思いつかなかったらしい。電話口の向こうで美子の絶句する声が、聞こえた。

美子が一時間ほどして病院へ駆けつけたが、敏夫は集中治療室で面会は許されなかった。とりあえず入院手続きをしなければならず、書類をもらった。その中に緊急連絡先として第一番目、第二番目の電話番号と入院患者との関係を記す項目があった。とりあえず第一の連絡先に美子の電話番号と「妻」と書いて差し出した。

「すみません、第二のところも書いて頂かないと入院許可が出ないんですが」

色白で細身の女性看護師が、申しわけなさそうに書類を返してきた。

「それから先ほど先生から連絡があり三十分後にご家族にお話があるそうです。外科の診察室の前でお待ち下さい」

美子は、待っている間を利用して大倉に電話した。

「ああ、大倉さん、先ほどは、お忙しいところを色々とお世話をおかけしました。もうすぐ先生からお話があるそうです。それからちょっとご相談したいんですが」

敏夫が休み、一人で調理場に立っている大倉に済まない気持ちでつい早口になってしまう。

「何でしょうか、お役に立つことがあればなんでも」

「緊急の連絡先に第二のところが浮かばなくて困っているんです。兄にはちょっと頼みにくい事情がありますし。どうしても書かなければならないので」

「それなら、平成食堂と書いておけばどうですか。確か彼のおかあさんが、九十歳を超えていると思いますが、元気だと彼は言ってましたよ。色々と訳ありでしょうが親子の縁は切れませんからね」

美子は、第二の連絡先として「平成食堂」の電話番号と本人との関係では（元経営者）と記した。正午を過ぎ午後一時近くなって名前が呼ばれた。

「大村美子さん、診察室へどうぞ」

部屋に入るとパソコン画面を前に大柄で眉毛の太い精悍な感じのする医師が口元を引き締め容態を説明した。

「医師の斎藤です。ご主人は、脳梗塞と急性心筋梗塞の併発で重体です。心臓のほうは、ステントで血管を広げるカテーテル治療などをしています。これは、時間との勝負の病気ですから。事態の発生から大分時間が経ってから救急車で来られたので遅かった。出勤途中に地下鉄の駅構内で、おかしくなられたようですが。それから職場へ出てから病院ですからね。二、三日が山場で明日になって意識がはっきりすれば、なんとかなりそうな気がするんですが。とにかく予断を許さない状況です。万一の場合のことも考えておいて下さい。何でもお聞き下さい」

美子の顔から血の気が引いて頭の中が真っ白になっていくようだった。何かと言われても聞きようがなくて
「先生、とにかく宜しくお願い致します」

それだけ言うのが精いっぱいで頭を深く下げるのみであった。それから夕方まで待機したが集中治療室から出ないことには、敏夫の部屋も決まらず居場所に困った。このまま待合室の椅子の上で夜を明かすことも考えていたが、ちょうど入院の書類を渡した看護師が通りかかった。

「ああ、大村さんでしたね、市内の方ですから何かあればお電話します。ここでは泊まるところもないですから」

腕時計を見ると午後六時半を回ったところだった。家に帰ると沙耶香が万結相手に離乳食を与えていた。二階に上がりハンドバッグを置いて台所に戻り手早く野菜炒めとうどんの夕食を準備した。沙耶香が、万結をあやしながら聞いてきた。

「おじさん、どうだったの」

「急性の心筋梗塞で大変なの、ストレスがたまって職場で倒れたのよ」

沙耶香たちのためにそうなったんだと、口元まで出かかったがぐっとこらえた。それを言っても口喧嘩が高じるばかりで何の解決にもならない。

「万結の食事が終わったら翔太さんの夕飯を作ってよ。明日から病院へ通わなければならないから。あんたたちの食べるものは自分で作りなさいよ」

今日一日中、病院にいて疲れたので風呂に入ろうと湯を張っていた時に何か焦げ臭い匂いを感じた。沙耶香が、翔太のために揚げ物を始めたのでそのせいかと気にせず万結の入浴準備を始めた。それからすぐに翔太が帰ってきて弾んだ声で包みを差し出した。

「今日、初めての給料日だったからケーキを買ってきました。それからメールで見たけどお父さんが大変だって。どうなんです」

「心臓や脳がやられていて大変な状態なの。明日から病院に詰める毎日だから留守を宜しく頼みますよ」

ここでも美子は、娘一家の同居が敏夫発病の原因とは言わずひじをついた左手で口を覆ったままつぶやいた。

「僕達が来たから生活が狂ってストレスがたまっての発病かなー。すみません、お母さん」

美子は、「息子」の思いがけない殊勝な言葉にホッとする半面、それならここへ転がり込まずに自活して欲しかったという悔しい気持ちがない交ぜになった。甘いものに目のない美子である。

「一つ、頂こうかな」

イチゴがのったショートケーキを食べて、万結を連れてくるよう沙耶香に言いお風呂に向かった。居間の柱時計は、午後九時四十五分を指していた。沙耶香が、上気し真っ赤な顔の万結を抱き居間に戻りかけた時である。

「焦げくさい。何か変だぞ、二階が」

翔太が食べかけ中の夕飯の箸を放り出し階段を駆け上がろうとした。二階からゴーッという物凄い音とともに火炎が見えた。風呂からは、半分裸の美子が飛び出して
「あたしのハンドバッグが！　携帯、カード、保険証などみんな大事なものが入っている」

そう叫びながら髪の毛を振り乱し半狂乱で翔太に続こうとした。

「止めて、二人とも死んじゃうよ」

沙耶香が、万結を床に投げ出し必死になって二人を引きずり下ろした。電気こたつの差込み口付近の劣化したニクロム線が過熱し布団とそばの紙くずに燃え移った。さらに四畳半にある灯油が入っているプラスチック容器に引火、一気に炎上した。

「一一九番に電話する、持てるものを持ってみんな外へ」

翔太が叫んで、火がついたように泣いている万結を抱き、玄関を開け飛び出した。美子、沙耶香が続いた。誰か近所の人が知らせたらしい。遠くのほうでサイレンの音が聞こえている。

急変

午後十一時ころ病院では、敏夫の状態が急変した。血管を広げるカテーテル治療にも拘わらず危篤状態になった。

「家族へすぐに緊急連絡を」

医師の斎藤が厳しい口調で看護師に指示した。看護師が、美子の携帯電話にかけたが、何分経っても応答がない。電源を切っているのか電池が切れたのかも分からないが、夫の病状を知っていることからすれば考えられない事態だ。そうこうしているうちに他の看護師から〝大村敏夫さん死亡〟のメモが入った。急ぎ第二の連絡先に書いてある平成食堂に連絡する。

「夜分遅くすみません。平成食堂さんですか、こちら市立大学病院の外科病棟の看護師の飯田と申します。先ほどですが、今日、救急車で運ばれ治療中の大村敏夫さんが亡くなられました。誠にご愁傷さまです」

電話に出たのは、孝子らしい。

「ええっ、なんですって、もう一度お願いします。大村敏夫が亡くなった、そちらで。でも大村敏夫はこの家を出て行った人ですから今は関係ありません。どうしてここに連絡が？　はー、奥さんと連絡が取れない。第二の連絡先としてここの電話番号が書いてあった。遺体を明日の午前中に引き取って欲しい。そんなこと、急に言われても。とにかくそちらの連絡先を教えて下さい。家族で相談してご返事します」

直ちに静江と昭雄をおこし家族会議となり、孝子が病院からの電話の内容を手短に話した。

「何で美子さんが電話に出ないのかね」

「ばあちゃん、そこなの、私もそれを相手の看護師さんに何度か言ったんだけど。とにかく通じないの一点張りなの。そこで第二の連絡先として書いてあったここへ電話したと」

「親父はもうここことは関係ないから、、美子さんとこで引き取ってもらうのが筋だ。言いにくいけど、うちは有難迷惑だよ」

暫く堂々巡りの議論が続いたが、結論は同じ。美子のところで責任を果たしてもらわねばということで落ち着いた。

「もう遅いし寝ようよ。明日になれば美子さんが病院へ連絡するだろうし」

静江が、目をしょぼつかせながら立ち上がりそれぞれの寝所へ向かった。

翌日の朝五時半ごろか、昭雄が地元紙を片手に皆を起こしにかかった。市内版を見ると遅い時間に起きた事件だったから短い記事が出ていた。

〝昨夜、葵区八剣平の大村敏夫さん宅で火事。二階建ての家屋約百平方メートルが全焼、消防は、電気こたつの配線の過熱が原因とみている。怪我人はいないもよう〟

「これだったのかー、美子さんの携帯が焼けてしまったんだ。だからまだ敏夫が亡くなったことは知らないかもね。これからどうするかだよ。私は、どうするこうするとかは、言えない立場だ。孝子さんと昭雄君の意見に従うから」

静江が、眼気まなこをこすりながらすまなさそうにうなだれた。二人は、暫く黙ったまじっと考え込んでいる。全く突然の訃報でみんなの頭の中が混乱したまま時間が過ぎていく。

「そりゃー、言いたいことはいっぱいある。あの人は、やりたいことを存分にしたんだから悔いはないと思うけど。我慢、我慢し続けてきたこちらの身になって欲しいわ」

ここまで言って孝子が、言葉につまった。そのうちにこらえきれずに大粒の涙が膝の上をみるみるうちに濡らし始めた。

「でもね、もう仏さんになってしまったんだわ。元家族だったし。うちで引き取ろうよ」

「……」

目を真っ赤にはらしてこれだけ言うのが精いっぱいでその後の言葉が出ない。

「よーっし、俺が喪主になる。この三人で内密にやろう」

昭雄が、もらい泣きしながらつぶやいた。

「みんな、ありがとうね、孝子さんの言う通り元家族の一人だったし。敏夫もきっとこの家に帰りたかったんだよ」

気丈な静江が、これだけを途切れとぎれに言って泣き崩れた。昭雄がすぐに葬儀社に連絡し、大学病院から隣の区にある斎場へ運ぶ手配をした。この間に孝子が、外科病棟の看護師に敏夫を迎えに行く手配が整ったことを知らせた。

店の前にお知らせが張り出された。

「本日から三日間、都合により臨時休業いたします。平成食堂」


（完）

お願い、一度だけ

野鳥の会

早瀬義二の早朝の散歩が五年目になる。健康診断で血圧が少々高めと言われ、二年前から緑風公園での朝の散歩を日課としている。自宅からは、車で十分くらいかけて目当ての公園にやって来る。食品会社を六十歳定年で退職後、七十歳まで嘱託で勤め完全に毎日が日曜日となって八年になる。平日は、午後から近所にあるM市の社会福祉会館の将棋倶楽部で将棋を楽しむ。

後に知り合うことになる大本咲江は、M市に住むようになって九年になる。彼女がM市北端の緑南区にある緑風公園のすぐ近くに住むようになって十日ばかり経つ。それまでは緑南区に隣接する城北区の県営住宅に住んでいたが、一階なので物干し場からショーツやブラジャーなどがよく盗まれた。気味が悪くなった咲江は、県営住宅の事務所へ相談に行ったところ今の県営住宅を紹介された。四階建ての三階の部屋でエレベータはなかったが、歩くことには自信があったので問題はなかった。

咲江は、毎朝八時半過ぎに近くの緑風公園を散歩する。公園の入口付近には、東屋とその前に広場がある。広場では、パターゴルフを楽しむ同好会が毎朝熱戦を展開している。東屋からは板を渡した木の道とその上方には、土の道の散歩道が広がる。これを辿ると最終地点には、大きな弘法大師像が座している東の駐車場出入口に至る。

駐車場の右下には、緑風池があり秋になると鴨などの渡り鳥が飛来し来園した人々がパンくずやご飯の残り、キャットフードなどを与えている。公園の有志で作る緑風野鳥の会では、野鳥にそうした人工の食べ物を与えることは良くないと言っている。自然の生態系が崩れてしまうからだろう。しかし大勢の人が癒しも兼ねて毎朝寄ってくる鳥たちに餌を投げかけており止めさせる術はない。午前、午後と訪れる人々が与える量は相当なものだ。

目立つのは、オナガガモ、ホシハジロ、カイツブリ、キンクロハジロ、マガモ、ハシビロガモ、オオバンなどで時にはユリカモメが飛来する。毎年十月中旬にシベリア、ユーラシア大陸から日本海の佐渡島、舳倉島などを経由しやって来る。今年は異常気象で日本海から吹く偏西風の風向きが変わり珍しい鳥も見られるという。早瀬が野鳥の会の人から
「アフリカのウガンダの国鳥であるホオジロカンムリツルがこの近辺の田んぼの中で見

られた」

つい最近、そういう情報をもらった。このツルは、体長一メートルで頭の上に金色の冠のような羽根があり、喉に赤い肉垂れのある珍鳥だ。もっとも後日談では、このツルは、アフリカから飛んで来たのではなく日本を含む近隣諸国の動物園を脱走したものかもしれないとのことだった。

マガモ、ハシビロガモは、頭部が緑色でよく似ているが、ハシビロはくちばしがヘラのような扁平な形をしており見分けがつく。それらの鳥は、多い時は総勢百十数羽がそれぞれに群れを組んで岸辺に集まる。鳥たちが泳いだ後にV字形の波紋があちこちで広がる。水鳥の中でホシハジロは、頭頸部が濃い栗色で潜るのが得意だ。シラサギ、アオサギも池の縁の湿地で長い足を立てて獲物を狙う姿がよく見られる。

彼女が公園に来るようになってまだ日が浅い二月の大寒の頃に弘法大師像のある所から東にある駐車場で早瀬に向って
「あのー、すみません。確かこの下の方に東屋がありませんか？　どう行ったらいいか、迷ってしまって」

その女性の、背丈は、百五十数センチくらいの小柄ですずしい目元、色白で愛想いい笑顔に浮かぶえくぼと胸元のふくらみが魅力的だった。

「大本咲江と申します、よろしくお願いします」

「ここは迷うような所ではありませんよ。ここから出ている土の道、木の道、あるいは向こうの車道を行ってもその東屋にぶつかりますから」

早瀬が笑顔で応えた。

「歩道は、邪魔になる木が切ってあって歩きやすいですね」

「そうですね、木の道に渡してある太めの板も古くなると取り替えてくれます。車の走る道路沿いに木の葉やごみが混じって座布団みたいに膨れ上がるんですが、庭園業者に依託してきれいに掃除してくれます」

「トイレもきれいだわ」

「この公園は、管理が行き届いていて気持ちよく過ごせますよ」

早瀬が、公園に通うようになって気が付いた点がある。それは、太い樹木があちらこちらで朽ちて倒れていることだ。松、桜、栃、樫の木など幹回りが十数センチもある木が途中で折れて遊歩道に覆いかぶさっていたこともある。このほかの名も知らぬ小木が結構倒れている。また立ったままの朽ちた枯れ木があちこちに散在している。こうした倒れそうな木々は、管理事務所が巡回し事故の起きる前に伐採している。草木には、寿命があり草類は季節ごとに枯れるが、古木の場合は葉が枯れ枝が落ちやがて落日を迎える。そうした古老の木は、強い風が吹いたり台風一過で倒れてしまうのだ。

早瀬は、以前岐阜県本巣市にある国指定天然記念物で山梨県北杜市・山高神代桜、福島県三春町・滝桜と共にわが国の三大桜のひとつである根尾谷淡墨桜を見たことがある。エドヒガン桜で樹齢はおおよそ一五〇〇余年の巨木。幹回りは九・九メートルもある。満開の時は、横に広がる白い花姿、散り始めると薄墨色と日々変化するその姿にうたれた。その時の印象から、樹木は不朽との固定観念が植え付けられていたのかも知れない。

「お聞きしていいですか。どこにお住まいですか」

早瀬の問いかけに
「公園の東側にある、えーっと、何て言ったかな。そうそう竹岡町一丁目です」

咲江が少しつまりながら答えた。

「ああ、そうすると県立の商業高等学校のあるあたりですね」

「そうです、その学校は坂を登り切ったところにありますが、私の住んでいる県営の集合住宅は坂の上り口にあります。私ね、自分のことを話してもいいかしら」

「宜しければどうぞ、私は構いませんよ」

「私の出身は、青森のH市なんです。春、夏の気候はいいんですが、秋から冬になると向こうは寒いんです。しばれるっていう言葉お聞きになったことある?」

「ああ、確か寒いという意味でしょ」

「そうです、大変に寒いという意味です。それでね、雪の多い冬の生活に耐えられず九年前にM市周辺にいた友人の近くにやって来ました。たまたまM市に近いK市には姪もいたし温暖なこの地を選んだ訳です。あら、御免なさいね、初対面の貴方にこんな話までして」

それは咲江の人見知りしない気さくな性格のせいだろう。早瀬も誰とでもすぐに打ち解け仲良くなる話術にたけたところがある。

「大丈夫ですよ、口は堅いほうですから」

「ありがとうございます。この前もね、この丘の向こうの緑風ヶ丘という所で家に帰る道がわからなくなりました」

「ああ、あの辺りは大きな屋敷がところどころに建っているだけで目印になるような建物もないし」

「うろうろしていると目の前の邸宅の門が開いてね、若いお兄さんが声をかけてくれてこう言うの」

「そうですか、道に迷った。この辺りは帰り道を教えても番地名がはっきりしていないのでその通りに行けるかどうかむずかしいです。ちょっと待ってて下さい。車を出して送りますから」

「お兄さんはそう言って。すぐに現れたのがイタリア製の真っ赤な高級車、フェラーリだったの。そのあたりを回って家の近くまでドライブしてくれたのよ、感激したわ」

そう言って首を少しかしげながらホホっと笑った。頬にできるえくぼが可愛かった。

「M市に来て九年にもなればすっかりこちらにも慣れてきましたよね」

「それが違うんですよ。この前ですが、夜早く寝たんですけど、ふと目が覚めると手首がひどくかゆいの。よく見たら布団の中にゲジゲジの大きなみたいな、ほら足がいっぱいある」

「ああ、ムカデでしょ」

「そうそう、ムカデっていうのね。知らなかったわ、大きなのが体をくねらせているの。手首は真っ赤に腫れて痛かったけど、火ばさみでつまんでビニールの袋へ入れました。とにかくお医者さんにと思ったけれど」

「夜だから開業医は休みでしょ」

「そうよ、それにね、こちらは来たばかりで周辺のことはわからないから。それで近所にあるタクシーを呼んでとにかく病院へと頼んだわ」

「救急車を呼ばずにですか」

「それがね、携帯で119番へかける方法が分からなかったの。でもそのタクシーの運転手さんがいい人で助かりました。隣の市にあるB労災病院へ着けてくれ受付で事情を話してくれたら救急扱いで診ようということになったの」

「良かったですね、手当ができて」

「若いお医者さんでしたが、ゲジゲジみたいなのに刺されたと言ったら」

「すぐにムカデでしょう。貴方はムカデを知らないの。言葉からしてここの土地の人ではないですね」

「はい、私は青森から来たのでアブラムシもムカデも見たことがないんです」

そう言ってビニール袋を取り出し見せると
「もういい、そんなもの早く捨てなさい」

怒られましたと口に手を当て人なつっこい笑い顔を見せた。

「次の日ですが、そのタクシー会社へ行き運転手さんにお礼を渡そうとしたらね」

「昨日、チップとして頂いているみたいだから、もう十分ですよ。そう言って受け取ってもらえなかったの」

「そうですか、ここM市と東北では色々と違ったことがあるんですね。ところで大本さん、毎朝、東屋の前で八時半からみんなでラジオ体操の第一をやるんです。宜しければ参加されたら」

早瀬が誘った。そんな出会いがあって二人は、その場から別れ次の日から咲江は体操に顔を出すようになった。緑風会という名前のその会は、規約、会費もなく二十数名いる会員の名簿だけを作り代表一名を決めていた。会員の平均年齢は七十歳くらい。会員が金を出し合い買った大型携帯ラジオをKが管理し、ラジオ体操第一の録音テープに合わせ運動を始める。お盆、正月も含め年中無休でKが来ない日はソニーのウォークマンを持っている誰かが伴奏をかける。

会員は定年を迎えた者ばかり。代表一名を選び彼が年末の忘年会と春の桜見会を取りしきる。咲江は、会員になることを認められ、持ち前の明るい性格といつも絶やさない笑顔で会員の中にすぐ溶け込んだ。

朝の体操に参加するのは十数名、うち女性は二割くらいで解散する前にみんなで手をつないで輪になりぐるぐると回る。

「今日も一日健康で、事故にあわずに元気でね」

と唱和し散会した後は三々五々、気の合った者同士で喫茶店に向かいおしゃべり会となる。咲江の家の近くには、コミセン、コミュニティーセンターの略で地域住民用の集会所兼文化センターがある。囲碁、将棋、ヨガ、フラダンスなどの教室があり、彼女は緑風会の吉岡の紹介でカラオケの同好会に入った。このほかにダンスを習いに少し離れたところにある教室へ通い結構忙しい毎日だ。緑風会の会員の中には、数カ月の間にしばらく顔を見せない人が出てくる。大抵は、足腰が悪くなり歩行が困難になったり病に倒れ亡くなる人もある。

三月の中旬には、木の芽が膨らみ春の近いことを知らせている。早瀬は、二日前園内に一本ある早咲きの桜が咲いているのを確認した。ソメイヨシノとは異なりかなり目立つ桃色の花びらで数日して満開となった。

「緋寒《ヒカン》桜とも違うよなー、緋寒はもっと濃い紅色のはずだが」

早瀬は、独り言を言いながらいつもの池のほとりを散歩中だった。その時に今年初めてウグイスの声を聞いた。

「大本さん、おはようございます」

早瀬は、右手を振りながらちょうどその時に通りかかった咲江に声を掛けた。池に群れをなしていたカモたちは、徐々に北へ向かって去って行く頃だ。池を離れる時は、グループ毎に編隊を組んで北を目指すようだ。上空で天敵の鷹などの猛禽類に襲われた際に犠牲を少なくするために持って生まれた知恵である。

「おはようございます。早瀬さん、聞いてもいいですか」

「ああ、何でも分かることなら」

「皆さんが毎朝、池で餌をあげているでしょ。自然のままならば何を食べてるんでしょうか」

「水草か近辺の田んぼの穀物の残りを食べるくらいでしょうね」

「そうしたら、人工の餌を与えるのは自然じゃーないんですね」

「そう思います。だから本当は良くない行為ですよ。あれは。鳥が肥ってしまうんです」

「そうしたら、どうなります」

「今のような北へ帰る時期に遠い距離が飛べなくなるんですよ」

「それは大変、どうなるんですか」

「だからその前から節食して遠距離飛行に耐えられるように体を細くするんです。本能なんですね、すごいでしょ」

早瀬が野鳥の会の人から聞いた話を披露した。ちょうど園路沿いの木々に白い花が咲き始めていた。

「ヤナギのような枝に花が咲いているでしょ。ユキヤナギです。前年の枝に直接、数個の花をつけるんです」

「可愛らしいわ、やがてずっと池に沿って真っ白な花が続くんでしょうね」

満開になれば幅一メートル弱の帯状のユキヤナギ群が、二百五十メートルくらい先まで続くことになる。

「先日ですが、ウグイスの初音を耳にしましたよ。冬は鳴かないので練習中でした。まだうまく歌えなくてチャッ、チャッくらいの地鳴きでしたがね」

「あら、地鳴きって、何かしら。御免なさい。何にも知らなくって」

「繁殖期が決まっている小鳥のその時期の主にオスのさえずりに対して、地鳴きは一年中出している鳴き声のことです」

「ということは、さえずり以外の鳴き声が地鳴きと」

「その通りです」

早瀬が、少しずれかけた眼鏡を右手で上げながら相づちをうった。

「あら、もうウグイスの鳴き声が聞けるんですか。良かったわ、今朝来てみて」

「もう大分うまくなっているといいんですが。ウグイスが〝ホー〟と鳴くのはオスだけなんですよ」

「あら、そうなんですか」

「春はウグイスの繁殖期なのでメスへの求愛や縄張りを主張するため〝ホーホケキョ〟と鳴くんです」

早瀬が、ホーホケキョと口笛を吹くと二人の頭のすぐ上の方から
「ケキョ、ケキョ、ホーホキョ」

鳴き声が響いた。

「あら、素晴らしいわね、ウグイスは姿を見せないというけど。感激だわ。良い所ね。ここの公園は」

「鳴き声は上から聞こえるでしょ、だから上にいるかと思うけどこの下の藪の中に隠れているんですよ。ウグイスは、春早くから鳴くから春告鳥とも言いますよ」

早瀬が右の耳に手をかざして続けた。

「スイー、スイーという鳴き声が聞こえませんか。ピー、ピーと鼻にかかった声を出す時もありますが。今頃はね、ヤマガラが手の上の餌をついばんでいくんですよ。見てて下さいよ」

そう言いながらポケットからヒマワリの種を手のひらの上に載せた。するとどこからか頬が白く胸から腹が赤みがかった茶色の小鳥が、ひらりと舞い降りて種をくわえ枝上に飛び去る。良く見るとスズメよりやや大きめの小鳥が、あちこちの枝に止まっており次々に飛来する。

「シジュウカラに似てますが、腹のあたりが白いので区別がつきます。ヤマガラはシ

ジュウカラより尾が短いです。もう一つ、コガラという小鳥もいますが頭に黒いベレー帽のような模様があり区別できます。この公園に住む小鳥は、一年中ここにいる留鳥《りゅうちょう》がいます。ヤマガラはここに留まり繁殖しているようです。うぐいすは漂鳥《ひょうちょう》と言って国内で移動するみたいですが」

早瀬は、追加のヒマワリの種をポケットから出しながら説明を付け加えた。

「このほかに旅鳥がいるんです。この鳥は、日本の北の繁殖地と日本より南の越冬地を行き来する途中に日本に立ち寄ります。この公園にもこれに当てはまる野鳥のシギ類が観察されるそうです」

早瀬は、顔なじみになった野鳥の会の人から教えられた通りだと断って咲江に解説した。

「ちょっとお聞きしてもいいですか。さっきから見ているとヒマワリの種をくわえてそのまま放り出す鳥がいますね。なぜかしら?」

「ああ、それはね、しいなと言って皮ばかりで中に実がない種なんです。鳥は口でくわえるとそれが分かるんですね。賢いものです」

「それともう一つ聞いてもいいですか」

「どうぞ、ご遠慮なく、私で分かることならば」

「先日ね、同じような鳥に手にピーナツを乗せてあげている人を見ましたが。餌は何がいいんですか?」

「元々、虫とか木の実を食べていると思いますから一番それらに近いものが。だからヒマワリの種はいいんじゃないかなぁー、ピーナツはね、塩がついているのが多いから人間でいうと腎臓病になって早く死ぬ恐れがあると聞きましたよ」

「人間の都合で鳥が被害を被るのを防がないといけませんね。それから最近、気が付いたんですが。猫があちこちらにいるでしょ。餌を与えている人も良く見かけますが」

「それはね、元々は捨て猫なんです。この公園には最近、減りましたが二十数匹はいますね。その猫を守って餌をやっているボランティアのグループがあるんです。その人たちが自費で動物病院へ連れて行き去勢手術をしてもらうから子猫はいませんでしょ。冬用に避難小屋まで用意している場所もあります」

去勢された猫は、左側の耳の先が小さく三角形に切り取られているためすぐに分かる。

「そこまで手厚く面倒をみているんですか。なかなかできないことですよね」

「少し前の事ですが弘法大師像の所で珍事件がありました。あの像は、四メートル位の台座の上に三メートル大の大師が座禅を組んだ形で鎮座してます。

その台座の上に或る日猫がいるんです。台座の下は空洞になっていて猫の住み家ですが、そのうちの一匹が大師像の近くまで伸びている桜の木の枝から飛び移ったみたいです。しかしそこから戻ることができず取り残されたというわけです」

「餌も水もないし大変ですよね」

「そうですよ、毎朝猫はどうなったかとみんなの話題はそればっかりになりました。三日目あたりでしたが、像の上あたりをカラスの群れが旋回し始め襲われる心配もでました」

「カラスが食べてしまう恐れが。まあー、かわいそうだわ」

咲江の細い目が、いっそう狭まり泣きそうな表情に変わった。

「確か四日目でした。地元町内会と猫を管理するボランティアの人たちが、連結したハシゴを使って台座から桜の木に太い板を渡し猫のお渡りを助け一件落着し、猫騒動は幕となりました」

「色々なことがあるんですね。本当に勉強になりました。有難うございました」

頭を下げた咲江に早瀬が続けた。

「猫と言えばもうひとつ聞いて欲しいことがあります。先ほどお話ししたユヤナギ群の先に小さな池があります」

「はい、上に休憩所でしょうか、屋根付きの椅子が付いたところでしょ」

「そうです、猫が三匹ばかり住みついていますが、そこに朝の八時半ころから小柄な老人がいます」

「そういえば、先日大きなペルシャ猫みたいなのを抱いているお年寄りを見ました」

咲江が細い目を見開くように眉を上げてうんうんとうなずいた。

「その人です、いつも猫を膝に抱きなでています。幾つだと思います?」

「……」

「九十七歳でね、隣にある軽費老人ホームに住んでいて、毎朝自転車に乗り園内の数か所で餌やりをしてます」

「ええっ、私の札幌にいる従兄と同じ年だわ。それに比べればピンシャンだわ。ご立派なこと」

思わず大きな声を上げた。緑風荘、このホームは、市の老人福祉施設協議会が運営している。最近、経費を減らすために運営を社会福祉法人に任せる案が浮上していると新聞が伝えている。ここへは、独り身になり家での生活に不安を感じる人が一定の使用料を払えば入居できる。市内に住み六十五歳以上、自力で生活できることが条件だ。百室あり、入居者の平均年齢は八十歳、三食付きで面会、外出、外泊は届け出れば原則自由となっている。

「そのご老人とこの前お話したんですが、一カ月の餌代が三万円かかると言ってました。でも陣内さんというその高齢者の方は、猫を癒しに健康で長生きしているなら安いものですよ」

「そう思います。これでピンシャンコロリで終われれば最高よね」

全室が完全個室で、四畳半の居間とトイレ、流し台、押し入れなどが付いている。緑風荘内には、共同の浴室、洗濯場、図書室、大広間を備え、出張の理美容も受けられる。陣内さんは、十年前に連れ合いと死に別れそれからここに住むようになったという。

「そうしたら、今から向こうのトンボ池に行きましょうか。ハルリンドウがもう咲いてますよ」

湧水のあるその池の周りの湿地帯には、ハルリンドウが群生していた。高さ十センチほどで先端には、朝日を受けて漏斗《じょうご》状の紫色の花冠を開いていた。

「夕方には閉じてまた明日の朝、お日様が出たら開花します」

「まあー、まるでお星さまをちりばめたみたいできれいだわ」

「あの向こうに柵で四角に囲った小さな湿地帯が見えるでしょ。夏の終わりから秋にかけてシラタマホシクサが咲いていてとても可愛らしいんですよ。和菓子の白玉のようなまんまるの花が一面に咲いて見ごたえがあります」

「すごーい、早瀬さんは何でもよく知ってるんですね」

「いやー、私もここへ来た当初は、何も分からなかったけれど、皆さんから教わって段々と覚えただけですよ」

事実、公園に来た初めの頃何も知らなかった早瀬だが、季節ごとに出会うそれぞれの専門家から話を聞き知識が増した。それに加え小鳥とか植物に関する自然観察会に参加して見る眼が高まった。

「池の鴨たちの多くがそれぞれ自分たちの故郷へ帰りかけました。春が来ましたからね。鴨たちには、群れがあるんでしょう、集団ごとにいつの間にか姿を消します、毎年見ていると分かります」

鴨たちが去った後にマガモに良く似た鳥が一羽、四季を通じて泳いでいる。誰かが放したアヒルが野生化したのだと言われている。

「その鳥をね、みんながガー子って呼んで餌を与えているんですよ」

早瀬が咲江の質問が出る前にガー子の由来を話した。

「それから先日ですが、木の道を歩いていたらリスが横切るのを見ましたよ。ほかの人に話したら私も見たと言われたから間違いないでしょうね。ただ、ここは、クルミなどリスの好む果実がほとんどないから住みついてはいないと思いますが」

「それならどうして姿を見せるのかしら」

「近くの山や丘陵地帯にいるリスが遊びに来ているのでしょう。少し前にタヌキが居るって話題になりました。私も目で確かめました。まだまだ自然が残ってますね、ここは」

しつこい誘い

話が弾みこの頃早瀬と咲江は、お茶飲み友達になっていた。早瀬は、咲江の無邪気で根明な性格にひかれるようになった。

「今朝はね、十時からカラオケ教室がある日だから体操はお休みします」

「あなた達がカラオケ教室で歌うのは演歌ばかりでしょ」

「そりゃー、そうよ。高齢者ばかりですから。教室の会長が人気のある新曲を吹き込んだCDを各自に配り、練習して次の週にみんなの前で各自が披露するの」

「ナツメロはやらないの」

「今までの名曲は、うまい下手がすぐにわかるでしょ。だけど新曲は皆さんがあまり知らないから下手でも歌えるのよ」

早瀬は、現役時代にカラオケが好きで飲み会の二次会でよく歌ったので咲江の言うことは理解できた。だから懐メロでもこれは自信があるという曲を十曲くらいは用意して家での練習に力を入れたものだ。

「新曲をカラオケ喫茶で披露するわけだ」

「そうよ、例会の後に公園から少し東にある喫茶〝夕暮れ〟にみんなでよく行くわ。そこでは、野菜サラダの材料を持ち寄って好きなだけ食べられるの。店のほうで了解しててゆで卵、飲み物とパンを出してくれるの」

「へー、それは素敵な昼食になりますね」

「でもね、そこの常連で楠元さんという人が気にかかるのよ。いつもじっと私を見ているような素振りだし」

「声を掛けてくるの」

「まだ話はしたことがないけど。すぐに近くによってくるの。手提げなどを置いて隣にならないようにしているんですが。この前は携帯の番号を教えてくれと言われ断わりましたよ。これは私がしっかりすればいい話なんで。ところで早瀬さんは、奥さんがいるんでしょ」

「そう思われますか」

「ええ、何か落ち着いていらっしゃるし信頼できそうだし。だから先日の初対面の時に私事をお話しできたの」

信頼できそうだと言われ悪い気はしなかったが、逆に信頼を裏切るような言動には注意しなければと自戒もした。

「いえ、居ないんです。三年前に亡くしました。子供は三人ですが、みんな独立して今は一人暮らしです。あなたのご家族は？」

「もう二十年前に夫が亡くなってます。子供は娘と息子の二人ですが。娘はフランス人と結婚して今パリに住んでます。男の子はね、結婚し東京で働いていたんですけど通勤に一時間半もかかる生活に疲れて鹿児島県の離島へ移住したの」

「どこの島ですか」

「七年前に屋久島の南方にあるトカラ列島の十島村にある宝島という島に移りました。フランスは行ったことないけど。遠いからね。その島へは一度だけ訪ねました。鹿児島市から南に三百キロ。週に二便しかないフェリーで十三時間もかかるのよ。周囲十四キロの孤島で二百平方メートルほどの集落に三百人余りが住んでいたわ」

トカラ列島、宝島と言えば新聞の記事で見たような記憶がある。都会の生活に飽き足らない若者が新天地を求めて暮らす日常を特集したものを思い出した。

「それで何をして暮らしているんですか」

「息子はね、無農薬でらっきょうを作って東京へ出荷したり地元の漁業を手伝ったりしてます。嫁の実家は新潟で子供も三人生まれてますが、息子、娘の二人とも遠いから生き別れみたいなものよ」

咲江は話し好きなのと一人暮らしで話し相手がいないせいか早瀬と会うとおしゃべりが止まらなくなる。

「お父さんのことですが、睡眠時無呼吸症候群で亡くなったの」

「ああ、聞いたことがあります。寝ている間に息が止まるんでしょ。太った人に多いとか」

「それがね、うちの人は、普通の体形だったの。それと丈夫だったから警察が私を疑って」

「どういうこと?」

「彼は、私より年が十三歳も上なの。それに死因が特定できないから保険金目当てに殺したんじゃーないかと疑われたのよ」

ここまで話して時計を見やり

「あっ、いけない。カラオケ教室に間に合わないわ。どうして前の主人と十三歳も離れているかは次にお会いした時にします。御免なさい」

手提げを肩に掛けて急ぎ足でコミセンに向かった。

やがてとても寒い日が続いたその冬が、ようやく春の気配になり桜の薄桃色のつぼみが目立つ季節を迎えた。桜並木が、緑風公園の入口から東屋に至る道と緑風池の周囲に広がっている。

四月の第一日曜日に緑風会恒例の桜見の会が開かれた。花冷えのする強い風の中で桜吹雪となりラジカセを使ったカラオケも早々に中止にして解散となった。花見の前日に早瀬は、咲江に携帯のショートメールで前回の話の続きをと約束を取っていた。ほどなく二人は、車で十五分ほどの郊外にある天王寺公園脇の民芸風のお洒落な喫茶店で向かい合った。店内には、こだわりの食器や手作りのバッグ、財布などの売り場もあった。

「この前は、十三歳年が離れているところで話が終わりましたね。今日はその続きです。いいですか、こんな話で」

「構いません、どうぞ、続けて下さい」

「私は、高等学校を出てから地元の中小の建設会社で経理と秘書を兼ねてずっと勤めていました。簿記と和文タイプが打てたから重宝がられてね。二十三歳になった時に親戚の薦めで見合いをしました」

「その相手が前の旦那さん？」

「違うんです。農協に勤めていた人です。五つ上の人で真面目そうな感じだったわ、家が旧家でお母さんは、女は賢妻良母であるべきと信じている古いタイプの人だったの。やがて姑となるこの人と話をしていて夫唱婦随という言葉を思い出しました。当時としては女性の二十三歳というといわゆる売れ残りでしょ。焦ってその後二回ばかりお付き合いして承諾し結納も交わして挙式の日まで決めたの。それがある日突然、止めにしたいと言われました」

一息で喋り終わった時に咲江の注文したカフェオーレが運ばれてきた。早瀬はウインナーコーヒで、添えられたクリームをカップの中に入れた。

「どうしてまたそんなことに、理由はなんでした」

早瀬が話の続きを催促した。

「仲人を通じてでだからよくわからなかったけどね。私の兄二人が太平洋戦争中に結核で亡くなっているの。それと交際中に結婚後も仕事をできれば続けたいと相手に言った覚えがあるの。兄達の病死と結婚後もできるだけ働きたい、そのことが先方のお母さんの気に障ったかな。それくらいしか思い当たることがなかったんです」

「それで振り出しに戻ったという訳ですか」

さっぱりした性格で過ぎたことに拘らない咲江のことだ。その話は、すぐに忘れたという。

「そうなんです、だから前の主人との話があった時は無条件で受け入れてしまったんですよ」

「ところでご主人のお仕事はなんだったんですか」

「P電気の特約店でした。空調機器、冷蔵庫、洗濯機の販売からテレビアンテナの取り付けなど家電に関することはなんでも。でもテレビアンテナの取り付けは高い屋根に上るので事故がないかいつも心配していましたよ」

「従業員も雇っていて」

「ええ、二人ばかりね。お父さんのことですが、あれは、二人で国内旅行から帰った日の明けがたでした。広いダブルベッドだから分からなかったけど。私が目覚めて起こしたのよ。ところが息をしてないのに気が付いてびっくり仰天したの」

「警察をすぐに呼んだわ。まもなく監察医っていうの。その医師が当時だから無呼吸症候群についての知識がなかったのね」

「それで疑いがかかった訳?」

「そうよ、日頃飲んでいる薬のビンから台所の調味料の容器からみんな押収していったの。薬物がないか毎日徹底的に調べられ任意と言いながらまるで犯人扱いよ」

左手で顎を支えながら首を左右に振り口惜しそうな口ぶりで語った。

「結局疑いは晴れたんでしょ」

「そりゃー、そうよ。心臓麻痺の病気なんだもの。でも無罪放免までに長くかかったわ。もう警察はこりごりよ」

「そうですか。私は、これまでお陰で警察には交通事故以外に縁がありませんが、大変でしたね。それから例のカラオケの常連の楠元でしたか、あの件はどうなりました？」

早瀬は、咲江の主人の件から話を気になっていた楠元の付きまといに戻した。

「それがね、いつのまにか私の携帯の番号を手に入れてしょっちゅう電話をかけてくるのよ」

「誰が教えたんですかね」

「教えたのは、夕暮れのマスターなんだけど。彼によれば楠元さんがね、私から番号を聞いたけどそれを書いた紙を無くしたからとか言って聞き出したみたいよ」

「マスターも不用意なんだな」

「いつも来ているカラオケの連中だからと気を許したと思うけど、困るのよ、しつこいから」

「どんなふうに」

「一度だけでいいから、夜の食事に付き合って欲しい。お願いだからと言うの。私なんか魅力もないのに」

「いや、そうばかりとは言えませんよ。貴方の性格や身ぎれいさから好意を持つ男性は結構、いると思いますよ。しかし楠元の場合は断ったほうがいいと思います。嫌いな男性と何も夜のお付き合いをする必要性がないですよ」

（私も好意を持つ一人ですが……）

早瀬は、心の中でつぶやいた。

「いつも昼間にカラオケで会っているんだからと言ってお断りしているんですけど。それからもうるさいの。一日に何度も電話してくるし」

その日の二人のお茶会は、これで終わった。彼女は、数日後から青森のH市の親戚筋へ一か月くらいの予定で滞在予定と聞いて別れた。

やがて桜の花がすっかり散った緑風公園のあちこちでマメナシの花が満開を迎えた。マメナシは、バラ科ナシ属の落葉樹。湿地やため池周辺などで育つが絶滅危惧種で、国内では、愛知、岐阜、三重の三県下に三百八十本ばかり自生する貴重な樹木だ。ここ緑風公園内には約四十本が、ボランティアにより保護、育成され自生している。

彼女が再び公園に姿を見せたのは、マメナシの花が咲き終わって一か月ばかりたった五月中旬だった。四月初めに公園を彩っていた桜の花が実をつけ紫の可愛らしいサクランボに変身していた。少し苦味があるものの甘ずっぱい味が舌に心地よかった。

「マメナシですが、満開の頃のオシベはね、桜のソメイヨシノの花より一回り小さくて葯《やく》の朱色がすごく目立つんですが。ちょうどそのころあなたはH市にいてお見せできなくて残念でした」

「夫の親戚筋が集まって親の財産分けで何度も話合いがありました。印鑑を何回もつかなければならないことがありました」

「あなたがこちらへ来る前に住んでいた家はどうなっているんですか?」

「二百坪くらいの敷地に家が建っているんですが、手入れができないしどうせもう帰らないつもりだから前の夫の妹の子供にあげてきちゃったの」

早瀬は、金銭の損得に執着しない咲江のさっぱりした気だてに感心した。

「そうですか。ところでマメナシは、八月には梨によく似た直径一センチほどの実をつけるんですよ。太い枝から分かれた小枝に五、六個から十数個なって十一月頃には茶褐色に色づきます」

「ナシに似ているといえば食べられますか、その実は」

「実の外皮にはシアンが含まれていて鳥はあまり食べませんね。実で食べられるものと言えば、ほらこの木に咲いている花がシャシャンボです。日本のブルーベリーと言われジャムにすると結構いけますよ」

早瀬は、一枝をちぎって咲江に渡した。手にした咲江が興味深そうに先のほうをつまんだ。

「白い壺状の花が房みたいに沢山付いてますね」

「私は、最初の頃気が付かなかったんですが、シャシャンボの隣付近には、ヒサカキの木が生えているのが不思議ですね。この木は、関東で神事や仏花に使われるそうですよ。シャシャンボは秋になるとびっしりと実をつけ黒く熟し、甘酸っぱくて美味しいんですよ。私は蜂蜜で煮詰めますが」

君子豹変

早瀬は、シャシャンボ談義が終わったところでいつも気なる楠元の件を持ち出した。

「ところで例の楠元はその後どうなんですか」

「それがね、私がH市にいる間も必ず一日に二度も三度もかけてきたの」

「それじゃあー、こちらへ戻ってからも毎日」

「一日に何度もよ、本当に困ってしまうわ。言うことはいつも同じなの」

「どんなふうに」

「一度だけでいいから夕食をしたいからお願い。これの繰り返しよ」

やがて新緑が終わり六月になった頃の公園での立ち話である。楠元の電話は、昼に断っても夕方、夜にまた着信音が鳴る。

「楠元の着信がうるさかったら携帯番号を替えたらどうですか」

「でもね、ずっと使っている番号だし固定電話はないから。友達に変更を知らせる作業が煩わしいでしょ。それと電話番号を替えても今度は家が近くだから付きまといが始まるのが心配です。この前もね、近くの八百屋さんというのかな、野菜とか塩乾物中心に売っている店を出たところで抱きつかれそうになったの」

「昼間でしょ」

「そうよ、それで大声を出したら店の人が出てきてくれて離れたわ。物陰に隠れていて突然現れたからびっくりよ」

「警察は？」

「店の主人が呼んでくれて厳重注意ということで終わったの」

「それじゃー、気分直しに一度、夜にホタルを見ませんか。公園の入口にホタルの里という立て看板があります。ここは市内では、珍しいホタルを鑑賞できるところなんです」

その後朝の体操で毎日のように咲江と顔を合わせたが、挨拶を交わす程度に留めておいた。早瀬は携帯で咲江と連絡を取り合い、公園広場の時計台で夜六時に待ち合わせた。

「あのね、早瀬さん、ここへ来る途中で春に教えていただいたユキヤナギの群落のあるところ。そこに沿った小道の反対側に筒状の白い花が、二個対になっていっぱいあったわ。何かしら」

「ああ、ユキヤナギとずっと一緒の距離で垣根に絡んでますね。テイカカズラです。歌人の藤原定家にちなんですぐに名前を覚えましたよ。熟すると果実が縦に裂けて種子が出てきます。種子にはとても長い白い毛があり風で飛んで種子をまくんです」

この花の命名は、次のような伝説に由来する。定家は、平安末期の皇女式子内親王を愛した。ところが、彼女の死後も忘れられずに定家葛に生まれ変わって内親王の墓にからみついたという。

咲江は早瀬の説明を聞きながらふと楠元のことを思い出していた。

(私の場合は、絡みついて来るのが選りによって楠元さんだから嫌になるわ)

「ああっ、嫌だ、嫌」

「何かおっしゃいましたか?」

「……何も、御免なさい、独り言です」

咲江は、首を左右に振りながら苦笑いし続けた。

「へー、変わった植物もあるんですね」

「それでは行きましょうか。鑑賞会のある十日間、いつも六時半に閉める駐車場の閉門が九時まで延長されるんですよ」

「人で一杯ね。こんな都会でホタルが見られるなんてびっくりしたわ。ヘイケとかゲンジとかあるんでしょ。どこで見えるんですか」

咲江がはぐれまいとして思わず右手で早瀬の左腕をつかんでいた。

「ここのは、ゲンジボタルですよ。右側にある公園の西入口の道路を横切ると緑風池から流れてくる渓流があるんです。渓流の途中にある小橋のあたりに群舞してます」

細長い渓流の脇にある広場の「ほたるの里」と書かれた看板の上あたり一帯に無数の青白い光が点滅している。真っ暗な闇の中で幻想的な光の競演が続いている。

「わー、きれいだわ。ホタルを久しぶりで見ました」

咲江がやや興奮気味に叫んだ。

「どうして、こんな街なかでホタルなんて」

「七、八年前に大人の有志がホタルの会を作り親ホタルから卵を取り飼育に成功し毎年この時期に放流することになったみたいですよ。カワニナという巻貝の一種がホタルの幼虫の餌ですが、公園隣の小学校に飼育委員会ができ子供達が餌の放流を手伝ってるそうです」

早瀬がいつか新聞で見た小学生の活動ぶりを受売りした。

「成程ね、そういう沢山の人たちによる無償の努力のお陰で見ることができるんですね」

やがて暑い夏がやってきた。咲江は、避暑を兼ねて毎年二十日間ほど青森の帰郷先の親戚に身を寄せる。二人は、十月になってまた公園での散歩や体操で顔を合わせるようになった。ある日、咲江からH市のお土産を渡したいとメールでの知らせがあり、池のほとりで会った。

「早瀬さんは、晩酌をやるんでしょ。これ、ホタテを乾燥したのですけどお酒のつまみに」

「はい、有難うございます。あなたは全く飲めないんでしたね」

「ええ、すぐに気持ちが悪くなってしまうんです」

「今日は春にお話ししたことのあるシラタマホシクサが咲いているトンボ池に行きましょうか」

二人は、五分ほどでトンボ池まで移動した。

「思い出したわ、和菓子の白玉みたいな花のことでしょ。お願いします」

漢字で書くと白玉星草、日本では、静岡、愛知、三重の鉄分の多い湿地にだけ自生しているが、環境省のレッドリストの絶滅Ⅱ類に指定されている希少植物である。

「うわー、きれい、まるで白いホタルが乱れ飛んでいるみたいだわ」

三十センチ前後の花茎の先端に白い花が白玉のようについている。

「咲江さん、子供の頃に食べた金平糖ってご存知でしょ」

「はい、縁日なんかで良く買ってもらった覚えがあります」

咲江の頭には、幼い頃母親に連れられそぞろ歩きした縁日の露店の店先風景が浮かんできた。

「遠くから見ると頭の先に直径一センチ程度の白玉が載っているように見えますが。実は頭花は、三ミリ程度の沢山の金平糖のような小花でできているため別名で金平糖草とも呼ばれています」

早瀬の説明に咲江が、素早く応えた。

「東海地方だけに自生しているのね、だから青森では見たことなかったんだわ。貴重なお花を見せて頂き感激です」

「この公園は、人工でなく自然の里山からできているため春になるとカラタチが葉の先に白い花を咲かせます。六月には、クチナシの白い花も見られるし桑の実もなります。秋になると柿、栗、ミカン、ギンナン、アケビなども採れる場所があるんです。以前ガンに効くと評判になった霊芝を採ったという人もいました。これによく似た形をしているサルノコシカケは良く見かけますよ。かえでの紅葉のほかにドウタンツツジがあたりを真っ赤に染める群落の場所や、アジサイが園路沿いに咲く散策路もあります」

この公園でツツジと言えば、キリシマ、ヒラト、サツキなどがそれぞれ花を咲かせる。

「すごいですね、歩きながら自然が満喫できて。知らない事ばかりでした」

「それはどうも、喜んでいただいて嬉しいです。ところでいつものように聞きますが、例の電話魔というか、楠元の件ですが、その後は」

「それがね、とにかくうるさいの。毎日何回も携帯にかけてくるんで。カラオケ教室の南会長さんや体操の会の吉岡さんにもどうしたらいいか相談したの」

「そしたら、彼らもやめたほうがいいと」

早瀬は、当然そういう返事が来るもの思ったが。

「それがね、楠元さんは、地域の自治会の防犯部長をやっているしいい人だと。紳士だし一回きりならいいんじゃーないかと二人そろって言うのよ」

「奥さんも子供さんもあると聞いてますが」

「自宅はね、コミセンのすぐ西にあるの。そうなんですよ。子供さんは三人あって末の娘さん一人が同居しているって聞いたわ。上の姉さんと真ん中の娘さんは結婚して外に出ているみたいだけど」

「でもね、私は反対だな。あなたが好意を持っているならば別ですが。嫌な人に夜の食事をというのは止めた方がいいと」

「わたしもそう思っていたから断わり続けてきたんです。でも根負けしそうで。会長さんは、楠元さんをよく知っているし滅多なことはないと思うんですが」

ちょうどその時に体操の会の仲間が通りかかったため三人で例会に向かった。

それから暫く咲江の姿が、ぷっつり見えなくなった。公園の楓が赤みを帯びる頃に早瀬は咲江に姿が見えないけれどもとメールをした。すぐに返信があった。

「あーら、早瀬さん、御免なさいね。吉岡さんには頼んであるんですが。姿を消して皆さんどうしたのかと思われるでしょうから。実はね、H市へ帰ってもう名古屋へは戻らないと皆さんに伝えて下さい。こうお願いしてあるんですけど」

「どうしたんですか、一体」

「あのね。楠元の件よ。警察から一切口外しないように言われてたの。この携帯も許可が出るまで使用禁止になっていました。でも今日許しが出ました。だから連絡できなくてごめんなさい」

事件の顛末

もう前の県営住宅からは転居し、市内港東区の二十四時間管理人付きのマンションに住んでいるという。以下は彼女が語った事の顛末である。帰郷先からの土産をもらった日の数日後、楠元の執拗な電話に根負けし一回で終わるのならその方がいいと応じてしまった。緑風公園からバスで五分くらいの所を私鉄の郊外電車が走っている。ある日の夕方、その電車に乗り地下鉄、ＪＲ、その私鉄の駅が交わる総合駅の前で待ち合わせとなった。

楠元は不安そうな顔の咲江を見て

「なんでもないですよ。ご飯を食べてカラオケだけだから」

笑顔をとりつくろいながらとぼけた。

「えーっ、カラオケも？」

「まあ、まあそう硬いことを言わずに大本さん、せっかく会えたのだから楽しくやりましょうよ」

笑った顔の眉間に五、六本のしわがよった。七十八歳と聞いているが楠元の髪は、年の割には黒いのが濃いめだ。メガネをかけて脂ぎった顔がテカテカ光って見える。無精ひげをはやし心なしか上気したような顔付きで舌で上唇を舐めながらバスターミナルの向い側にある居酒屋へ案内した。彼は、ビールとつまみ、咲江は焼き鳥と野菜とご飯で済ませ

（嫌な気分で食べる気もしないけど。これで明日からのしつこい電話がなくなればいいんだわ）

自分を納得させせながらあまり味っけを感じない付き合い飯を終えた。表に出ると駅前の飲み屋街のネオンが赤、青、黄色と目まぐるしく点滅し、すっかり夜のとばりが下りていた。

「ちょっとすぐそこだから。タクシーに乗りカラオケに付き合って、大本さん」

「エエーッ、カラオケ店ならすぐ前にヤンカラがあるんじゃない。わざわざそんなに遠くまで行かなくても」

「まあまあ、硬いことを言わずに乗った、乗った」

そう言うなり止めたタクシーの中へ強引に押し込み運転手に指示した。

「豊郷町のニューワールドへ」

「困るわ、私、どうしようかしら」

咲江が胸に手を当て前かがみになり困惑の表情を見せたが、楠元は無言のまま左手で下あごを何度もさすっていた。ニューワールドに着くと玄関で部屋の番号の並んだ表示板があり、楠元は５０５号室を選んだ。

（なんだかホテルみたいな感じがするわ。カラオケ店では店員が部屋の鍵を渡してくれ

るがここは自分で部屋を選ぶやり方なの）

不審に思いながらエレベータを降りて部屋に入るとガチッと音がして自動的に施錠されていた。上がり口の左側は洗面所と浴室、正面奥の部屋の右側にマイクとカラオケ装置があったが、反対側には大きなダブルベッドとソファーが目に入りようやく事態が分かった。ベッドの枕元の台には、空調機器、照明、有線放送、換気装置の操作盤などがありデジタルの時計が七時半と読み取れた。

「まあー嫌だわ、カラオケ店じゃーないんだ。楠元さん、一度だけというのはこういうこと？　ひどいわ」

怖くて背筋が硬直し口元がしきりに乾く。

「ああ、ここはラブホテルだよ、ごめん、でも後からカラオケはやれるし、とにかく一度だけでいいから大本さんと一緒になりたかったんだ」

「一緒になりたいって、どういうこと？　私は夫が亡くなってから男性との関係は一度たりともなかったんですよ。そんな気もないし。困るわ、帰らせてもらいます。カラオケ教室の南会長さんや体操の会の吉岡さんにこの会食のことも相談して来ているのよ。そしたら楠元さんは地域の防犯部長もしているし大丈夫というから来たのに。とにかく帰ります」

これだけ言って玄関口へ向かう咲江に

「鍵はフロントからしか開かないんだよ」

そう言いながら前に立ちはだかってブラウスを脱がせにかかる。ファスナーに手がかかる。

「やめて、話が違うじゃーない。嫌だ、離してよ」

泣きわめきながら楠元の両腕の下をかいくぐりベッドの縁まで逃げた。ところが隅に追い込むと羽交い絞めにし再びスカートのファスナーに手をかけようとする。下にもぐって楠元の股の下をかいくぐりベッドの外に逃れる。それを追って楠元が大きな両腕で肩の上から押し込めようと迫って来た。頭が真っ白になりとにかく口が乾燥してカラカラだ。体の震えが止まらない。

「とにかく嫌です、私したくありません、できないんです」

「カラオケで知ってからずっと一緒になりたいと思ってたんだ。一度だけいいから、お願いだ、大本さん」

「奥さんがいらっしゃるんでしょ、奥さんとすればいいのに」

「女房なんかとは、もう十数年も関係はなしだ。以前に求めると痛いだのかゆいだのと文句ばっかし言って。最後はどうでもしてくれってセリ台に上がったマグロみたいに裸でどてんと寝てふてくされている。それで早くしてくれって言われてもなー。それじゃー、やる気もしないし立つものも立たない。やるだけだったらホテルのデリバリーヘルスもあるけど金目当ての金髪娘では気分も出ないうえに情がないし。それに病気がこわい。やっぱり知った仲でしっとりと交わりたいんだ。わかる？　この気持ち、今更自慰行為もできないし性欲の悩みは深刻だ」

「性欲解消の相手が私？　それはあなたの勝手でしょ、私はしたくないんです。情もわきません」

「したくないって、誰ともか？　好きな人でもいるんかね」

「もう今は好きとかするとかの話は考えていないから、答えようがありません。あなたからの電話がしつこいしうるさいからこれで御終いと今日お付き合いしたのよ。もうこれっきりになれると思ってね」

「とにかくカラオケ教室で見初めた大本さんと一度だけでいいからしたかったんだ。ずっとそのことばかり考えていたんだ。長い間空き家になっていても必ず気持ちよくさせるから俺にまかせて」

こう言いながら執拗に迫ってくる。肩の上の右手が右の乳房に触れ左手が下の秘所をまさぐろうと膣口まで迫って来た。たまらずその左手を抜きざま手首に嚙みつくと
「あー、痛たた、痛いじゃーないか」

相手のメガネが吹き飛び傷口から赤いものがシャツの袖口を染めているのがわかった。それでもまとわりつくのを止めない。抱きつくのを必死の力で離すと今度は足払いで床に転がす。それから両手で抱き上げてベッドに寝かそうとする。仕方なくダンゴムシみたいに背中を丸めて防御の構えを取る。それを仰向けにひっくり返そうとするから両手を胸の下に置きふんばった。その時、馬乗りで押されたはずみで空調などの操作盤の置いてある台に前歯がガツンと当たり目から火花が散った。

「歯がグラグラするわ。折れたみたいよ。痛いわ」

目にはいったデジタル時計が八時半を示していた。飛び散った血が真白なシーツの上に点々としている。組んず解れつの闘いが延々と一時間も続いていた訳だ。目の前の操作盤からフロント内線9、外線0の文字が読み取れた。とっさに受話器の内線の9を押す。

「はい、フロントです。どうされましたか?」

「……」

「お客さん、……」

「ええー、何でもないんです。もう帰りますから」

楠元が受話器を奪い取ると平静さを装いながらそう言い終え舌打ちした。玄関から解錠する音が静かな部屋の中に響いた。

タクシーを拾って家に帰った咲江は味わった恐怖心と興奮から抜け出せずまんじりともせず一夜を明かした。朝食は、牛乳とパンを少々口にしただけだが、喉元をなかなか通り過ぎていかない。七時になるのを待ってカラオケ教室の南会長と吉岡に電話をして喫茶店ボンタインで昨夜の一部始終を話した。

「とりあえず、我々二人で楠元さんの所へ行って真偽を確かめてきますからここで待ってて下さい」

暫くすると戻ってきた彼らの口からは

「楠元さんによると一度だけキスしようと思ったのに。そうしたら噛みつかれ抵抗されたので。話がややこしくなったんだ」

と悪びれる風でもなかったそうだ。それは、まったく違うと咲江は、昨夜遭遇した出来事をそのまま小刻みに震える口調で話した。

「ラブホテルへ連れ込んで乱暴しておいてそれはないでしょう」

南が楠元をたしなめて

「奥さんとの手前もあるでしょうから、なんとか穏便に済ませる方法を考えないと、楠元さん」

南が相手の出方をうかがうと

「女房なんかに文句は言わせん。俺に文句があるのならこの家から出ていけばいいんだ」

お茶を出しに顔を見せた奥さんの前でけんもほろろの有様だったという。

「これじゃー、話にならないから警察、本山署へ行って相談しましょう」

吉岡が提案した。

「えー、また付きまといがあるかも知れないから私もそうした方がいいと思いますが。でもね、それは明日にして下さい。歯をなんとか処置しなければ痛いし前歯の上の三本がグラグラして気持ちが悪いの。お昼から前に見てもらったことのある月が丘の長谷川歯科へ行ってきます」

歯科医院で咲江は左手で口元を抑えながら事の次第を話した。

「大本さん、お久しぶりですね。でもお話を聞いてびっくり。大変だったんですね。まあー、色に狂った高齢者は、偏執病者みたいになってしまうんだ。付き合わないことが一番ですよ」

「はい、そう思って断わり続けていたんですが、しつこくて困ってしまって気を許したのがいけなかったんだわ」

「でもね、これで終わってよかった。そういう輩に限って　一回だけなんて方便で、それを脅しに二回、三回と迫ってくるもんですよ」

院長は、そう言いながら大柄で血色の良い顔をほころばせながら早速に治療を始めた。

「三本の歯の土台がしっかりしているから人工歯根にしましょう。今回は人工歯根に関し保険がきかないから全部で二百万円くらいはかかるかもしれません。だけどそれくらいは慰謝料で相手から取れるでしょう。暫く通って下さいね」

事件にはしません

「先生、私ね明日、警察へ行ってこの件で相談するんですが、相手を訴えないでおこうかしらと今迷っているんです」

「どうしてです、相手は、暴行未遂の犯罪を犯してあなたはその被害者でしょ。治療費は二百万円以上もかかるんですよ。それを自分で持つなんてそんな奇特な人はざらにいませんよ」

「ええー、でもね、犯罪者を作りたくないんです。上の娘さん二人は結婚し子供もあるし。私が訴えたら一生、向こうの家族から恨まれると思うと嫌なんです。未婚の娘さんが同居していることだし」

「それは逆でしょ、相手があなたを襲い自分で家庭を壊しているんだから、自業自得でしょ。それをあなたが全部自分でかぶるなんて、誰が聞いたって納得できませんよ。ただ大本さんが、有り余ったお金の使いようが無いというのならわかりますが」

「いいえ、私は寡婦年金と本家の財産分けでもらった少々のお金でつつましく暮らしているつもりですが」

「それなら尚更、わからないな、自分でかぶるという理由がね。本当にいいですか、自分で持つという話」

院長は三度ばかり同じことを繰り返し咲江の翻意をうかがった。

次の日、約束通り三人は揃って本山署へ出向いた。対応した刑事課の警官は立山と名乗り咲江から事情を聴き
「そういうことで間違いないですね」

南と吉岡に念を押した。

「これは間違いのないストーカー、付きまといと暴行未遂に傷害罪で起訴できます。無論、被害者の訴えが必要ですが。もちろん歯の治療費と慰謝料は取れます」

色黒でやや年配の署員がきっぱりと断定した。ところが、である。咲江が意外な出方でみんなあっけに取られた。

「私ね、ゆうべ考えたんですけど。私が告訴すれば前科一犯の罪人をつくることになるんでしょ。娘さん、奥さんもいることだし。だから何も要求しないことに決めました。他

人を不幸にしたくないの」

「しかし、歯の治療費だっているし、精神的な打撃とかを含めて相手に被害を償ってもらうことは当然でしょう。それじゃー、誰も納得できないでしょう」

南がやや興奮意味にこう言うと後の二人も当然というようにうなづいた。

「本署でもこういう事件はちょくちょくありますが、被害者が少女の場合は表沙汰にしたくない事情もあって別ですが、成人の場合でのこういう対応はすごく珍しい事案に入りますね」

立山がどうしたものかと首を横に二、三度かしげながら腕組をしたままつぶやいた。

「いいですか？　告訴できるんですよ。よく考えて下さいよ」

三度同じことを繰り返した。でも咲江の気持ちに揺らぎがないとみて
「わかりました、無罪はありえない案件ですが、被害届がない限り事件になりません。当事者の気持ちを斟酌しましょう。後悔しないでしょうね、大本さん」

咲江がうなずくと
「それでは明日からの付きまとい対策を考えましょう。両者の家の距離が近いので離れることが一番の対策です。楠元には警戒の見張り態勢を敷きますが、こちらで大本さんの安全な住処を探します。現住所を離れるまで大本さんの携帯電話は警察との連絡以外は使

わないようにしてください」
　二、三日すると警察のほうから市の港東区にある都市住宅供給公社賃貸物件の紹介があった。二百戸ばかりあり八階建てだが、一階に管理人室があり外部からは勝手に出入りはできないとのこと。事情を斟酌してか本来は家賃の四か月分いる頭金は二か月分にするという条件であった。今住んでいる県営住宅が郊外に対して港東区にある集合住宅は街中にあった。ともかく翌日すぐに引っ越したが、窓から見えるのは周囲のビルの壁か窓ばかり。管理人は常駐せず出入りは自由で事前の話とは違っていた。
　あの自然に恵まれた緑風公園を散歩した毎日に比べると天と地の差で落ち込んでしまうような気分になる。ラブホテルでの一件以来、思い出すたびに身震いし夜もうとうとするもののすぐに目が覚める。寝返りばかりうち嫌な夢ばかり見て目が覚める。苦しい夜が明け朝起きても、どこかへ出かける気がしなくてじーっと考え込んでしまう。テレビゲームをしたり歌を口ずさんでも気分は晴れない。近所の病院へ行き内科で診察をしてもらい検査を受けた。後日の再診で
「心電図、胸のレントゲン、尿、血液検査の結果は異常なしです。お話を聞いた限りでは例の件の後遺症で心の病ですな」
　温厚そうな年配の医師がそう言って看護師に地図を渡すように指示した。

「近くの心療内科のHクリニックを紹介します」

紹介状を持って早速に訪ねると、背の高いふっくらとした赤ら顔の年配の院長が、話を丁寧に聞いた後
「この病気はね、大本さん、病院でも薬でも治すことはできません。あなたの心の持ちよう次第です。睡眠導入剤を一週間分出しておきます。癖になるような強い薬ではないので安心して下さい。これを飲んでみてとにかく外へ出て歩くとか友達とおしゃべりするとかカラオケなどで気分転換を図って下さい。ダンスをやっておられたとか。それも結構、大いにやって下さい」

「でも男の人とすれ違うのが怖くて。外に出られないんです」

「そうしたらね、こうしたらどうですか。携帯用の傘を持ち首から笛をぶら下げて外出して下さい」

「はあー、傘と笛？」

「何かあった時は、先ず笛を吹きます。そうすれば付近の人が、怪しい人を注目するでしょ。それから傘を広げ相手を追い払う。みんな見ていますからこれで大丈夫だと思いますよ」

医者から薬でも治らない病と聞いた時はがっくりしたが、翌日から導入剤を服用し院長

の指示通りのものを身につけて外に出た。城北区の友達に会ったり買い物をして気を紛らわせた。すると睡眠薬は三日ほどで要らなくなり、十日ばかり経つと元の体調に戻ることができた。

その数日後に早瀬は、咲江にメールで近況を尋ねた。すぐに電話がかかってきた。

「ごめんなさいね、連絡しなくて。心療内科のお医者さんに言われました。うつ病にならないようにとにかく家に引きこもらずに外に出るように言われたの。それで城北区の前からの友人とお喋りしたりダンス教室に通ったりしていたらようやく元にもどりました」

「それは良かった。歯のほうはどうなりました」

「お陰様ですっかり良くなりました。それがね、早瀬さん、治療の最終日に清算のため二百万円ばかり用意していったのね。そうしたら会計窓口で事務員から材料費だけの八万円でいいって、そう言われたの」

「それは何かの間違いでしょう」

咲江が質すと
「先生が大本さんから事情を聞いたからお金は取れない。私の技術料はタダにするからとおしゃってます。こう言われびっくりしたのよ、早瀬さん」

「そうなんだ、人情家の、赤ひげ先生だったんだ、いい先生に巡り合えましたね、大本さん。そうしたら久しぶりにお会いしませんか」

早瀬の提案で数日後の再会を約束した。

約束の当日の朝である。咲江から電話が入った。沈んだ声で
「ごめんなさい、今日お会いできないわ。新聞に出ているでしょ。昨日のお昼に私のマンションで火事があったの。それも私のすぐ上の部屋から出火して」

「そういえば、今朝の新聞で読んだような気がします。待ってて下さい」

改めて新聞の社会面を見ると「港東区の都市住宅供給公社のマンションで火事、六〇三号室から出火、住人一名が焼死か?」。

「ああー、記事が出てますね。これですか? それで大本さんの部屋は真下というと五〇三号室ですか」

「そうなの、よりによってなぜ私の部屋の真上なんだろって。嫌になってしまうの。水がね、ボトボト上から滴り落ちてくるから部屋中が水びたしよ。壁の内側にある管から水が漏れてきたみたいなの。昨日は警察や消防署の人が事情を聞きに来るしマンションからは出られないし大変だったの。トイレが水浸しで使えないでしょ。それで前の神社の公衆トイレに行くため外に出ようとしたら玄関に警官と消防の人がいて、どこの誰でどこへ行きいつ帰るかと聞かれて面倒だったわ。火事場泥棒というのが居るから警戒して下さいと

も言われたの」

「へー、どさくさに紛れて盗人が紛れ込んでくるわけですね」

「そうよ、油断も隙も見せられないのよ。でもね、部屋に帰るとすぐに消防の人が吸水材を持ってきて水をあっという間に吸い取ってくれたの。すごいの、あの吸水マットは」

「補償はないんですか?」

「それがね、六〇三号室の住人は、八十四歳、女性の独居老人で部屋は歩くところがないくらいごみだらけ。電気ストーブに散らかしてある紙が燃えつき火事になったと消防士の人は言ってたわ。警察によると身寄りもほとんどない人みたいだから補償は無理じゃーないかとも」

次の日、咲江から電話が入った。昨日早瀬と話した後でかたづけをしているうちに、濡れた絨毯に足を取られ転んだ拍子にろっ骨を一本折ってしまったという。訪れた整形外科の話では、コルセットで固定しなければならず、治るまでに四十数日かかるとのことだった。H市にいる姉に事の次第を連絡すると
「験が悪いわね。嫌なことばかり続いて。神社の神主さんを呼んでお祓いをしてもらったらどう」

そう言われてなるほどと思い近くにある白山神社の神主に頼んだ。お祓い用の祭壇に供

えるものの用意を頼まれ買い物に走った。やせて度の強いメガネをかけ神経質そうな顔つきの神主は部屋を見回して

「奥さん、このトイレが鬼門の方角にあります。これが原因でしょう」

「どうしたらいいんですか」

「とりあえず、準備が済み次第お祓いをしましょう。それからね、トイレの扉の下の両脇に塩を一つかみ積んで下さい。清めの塩です。毎朝この前で手を合わせて下さい」

急拵えの机の上にスルメ、季節の野菜、果物、お神酒などを供え簡単な祝詞が唱えられて儀式は終わった。

これで何かホッとした気分になった。

「いくらお支払いしたらいいのでしょうか」

「はい、出張費と祝詞代で三万二千円頂きます」

お供えのうち大きなスルメ一枚が結構高く合計一万円近くかかったが、厄払いと思えば仕方がなかった。

「また治ったらメールしますね、早瀬さん」

早瀬は慰める言葉がすぐに出てこなくてまごまごするうちに

「でもね、水は乾けばそれで済む問題だったたし何か別の災難の代わりの出来事だと思っ

たら気持ちが軽くなったわ。お話ししたいこともあるの。もうすこし経ったらこの前行った素敵なカフェにまた連れて行って下さいね、こちらから連絡入れます。じゃー、今日はこれで、失礼します」

咲江の持ち前の屈託のない声が受話器の向こうで弾んだ。

（完）

かあちゃん

出会い

　岡田良平は七十八歳、五年前に妻好子を亡くしてM市で一人暮らし。と言っても同じ屋敷内で庭続きの戸建て住宅の隣合わせで長男の一家と暮らす日常だ。

　兵庫県丹波、篠山市の丹波木綿で知られている栗柄地区で四人兄弟姉妹の次男として育った。祖父の時代から農作業の合間に家内工業ながら地元産の綿を原料に糸を紡ぎ織物に仕上げ愛好家向けに販売もしていた。父は、太平洋戦争の終わる前年の春に出征、中国東北部の陸軍歩兵部隊で転戦した。終戦の前年に太平洋の硫黄島に送られその後米軍との激戦で戦死、織物生産は止めた。母親には、四人の子供が残された。

　一升の米をとぎ四個の弁当を作り学校へ送り出す毎日。〇・五ヘクタールの畑で米や野菜などを作りその合間に織物の内職をこなし一日中働きづめで一家を支えた。ひっつめ髪でつぎはぎだらけの衣服をまとい入浴は五右衛門風呂で薪をくべて沸かす。母は夕食後風呂炊きに追われ最後のぬるく汚れたお湯に身を沈めた。次男の良平は、高校を卒業すると反物販売でつてのあった中部地区の中核都市であるM市の繊維問屋の糸源へ就職できた。その年の十月一日、東海道新幹線が開業し東京―大阪間を四時間と従来の六時間五十分を大幅に短縮した。十日には、第十八回オリンピック東京大会が開幕しこれを契機に日本は高度経済成長時代の幕開けとなる。

糸源は、男性、女性用の着物、浴衣、帯、小物、糸類のほか反物などを手広く商う老舗の卸問屋だった。糸源から百貨店、大手量販店、地方の小売店へと品物が流れてゆく。従業員は百七十名ばかりいて、良平は郊外にある独身寮住まいであった。荷物の発送が夜遅くなることもあり社内には、食堂が設けられており昼食、夕食が用意されていた。その食堂の栄養士として働いていたのが三村好子であった。

就職して数年たった後の初夏に滋賀県の伊吹山へ行き琵琶湖湖畔で宿泊する会社の慰安旅行があった。バス三台で頂上に着き昼食も兼ねた休憩になった。しかし着いた時には、一三七一メートルの山頂から乗鞍、白山まで三六〇度の展望であったのに暫くすると霧が濃くなって視界が全く効かなくなった。道に迷った良平の目の前に好子が現れびっくりした。

「ああ、いつも調理室の奥のほうでお顔を拝見してますが」

「はい、栄養士の三村好子です。あなたは夜食の予約票にカレーの多い岡田さんでしょ。覚えていますよ。そのことを」

「三村さん、一人ですか。なんでまた、ここに？」

「珍しい花があって見とれているうちにみんなの姿が見えなくなってしまったの」

「私もそうです、カタクリやイカリソウですかね、可憐な花を見ているうちに凄い霧でいつの間にか皆とはぐれてしまいました」

「私、山育ちですからいいですね、こういう所は、心が洗われる気がして」

「どちらですか？　出身は」

「岐阜県は飛騨益田郡の馬瀬村です」

「飛騨と言えば郡上踊りを思いつきますが。その近くですか」

「えー、近いです。馬瀬は鮎釣りで全国的にも有名なんですよ。岡田さんはどこの生まれですか」

「兵庫県の山奥の丹波篠山で、兄が家を継ぎましたからM市に出てきました。下の妹二人がいます」

二人とも父を亡くし母親に育てられたことなどから話が弾み、その後の交際のきっかけとなった。会社の休日は、日曜日だけで土曜日も一日勤務が多かった。

長者町といったこの大きな繊維問屋街は、大阪の溝池、東京の横山町と並ぶ全国でも屈指の繊維製品の集散地であった。多くの店には、〝小僧〟と呼ばれる新制中学校を出たばかりの少年たちが住み込みで働く姿が見られた。こうした若者の夢は、いわゆる年季奉公明けに独立し自前の店を持つことであった。岡田良平の場合は、取引先の縁者であることと高等学校卒ということから別待遇だった。

扱い製品、仕入れや販売の取引先などをあらかた覚えるのに三年間くらいかかった。その後は、大手販売先の幹部との直接交渉や有能な若者の求人開拓などを任せられるようになった。

伊吹山での初めての出会いから暫くたった頃良平は

「一度、お茶でも飲みませんか」

好子と社内ですれ違った際に周りに誰もいないことを確かめ、思い切って声を掛けた。気後れする性格の良平にしては、珍しく積極的に声が出て自分でも驚いたくらいだった。

「ええ、お茶ですか、二人だけで」

と言って間が空いたので駄目かと思ったら

「いいですよ」

すぐに返事がもらえ嬉しかった。

音楽喫茶という新たな形式の喫茶店が流行となっていた頃である。クラシック音楽が流れる中で友達同士あるいは恋人達がひと時の出会いを楽しむくつろぎの空間である。休日に初めて会う場所は、市内の中心部にある喫茶「琥珀」。時間は午後一時に決めた。良平は、その日の朝からそわそわした様子で落ち着かなかった。琥珀の店内はうす暗いため十分前から店の前で待つことにした。五分くらい前からやや面長で澄んだ瞳と色白の好子の顔を思い浮べながら

(もう現れるな、ようやく二人きりで話ができる)

わくわくした気持ちでせわしなくあっちに行ったり戻ったりし、前方の四つ辻に目を凝らしていた。しかし、時間になっても彼女は現れない。次第に立ったままの貧乏揺すりが激しくなり

(彼女は会いたくなかったんだ、気が変わったけど社内では連絡の取りようがなかったんだな。今頃どこにいるんだろう)

最近、好子のことを考えるだけでなんだか世の中がぽっと明るくなる感じで気持ちが高ぶってしまう。それがなんだ、空振りでもう会えないと考えるだけで暗い谷底へ落ちていくような気がする。

(確かに〝いいよ〟って言ってくれたよな、駄目ならあんな返事をするはずがないけど

な。もう一時間も過ぎている。諦めるか……俺には恋なんて無理なんだ）

絶望し真っ暗な気持ちになり帰りかけた途端、目の先の四つ角から転げるように走ってくる好子の姿があった。上気したせいか少し顔が赤い。息を切らしながら
「ごめんなさい。あの角の南側にある『田園』で待っていたの。馬鹿ねー、私は。あそこも音楽喫茶でてっきりここだと思って十分前に着いたんだけど。私って少しそそっかしいの。良平さんが来ないからもう帰ろうと思って思い出したの、琥珀だって、本当に御免なさい」

ぺこりと頭を下げる仕草が可愛い。ほとんど化粧をした跡がない顔が美しく輝いて見える。

「なんだ、そんなことだったの。どこにいるのか連絡のしようもないし、諦めて家に戻ろうと思ってたんだ」

世の中がまた急に明るくなった気分だ。大分遅れて琥珀に入った時、丁度ベートーヴェンの交響曲5番「運命」が始まったところだった。

「この前のお話の続きですけど岡田さんは、どうしてこの長者町へ来たんですか」

「兄貴は近くの小さな会社へ勤めながら農繁期などは家を手伝っています。でも私の場合は、家の経済状態から高校を出してもらうのが精いっぱい。過疎地で働くところもない

しM市へ出て修行し自分の店を持ちたいと考えるようになりました」

「そうなんですか。父は、太平洋戦争時に軍隊にとられ私が三歳の頃に中国の山西省で戦死しています。だから父親の顔も知らないんです。それで母親が一つ上の兄と私を農業や近所のお手伝いをしながら苦労して育ててくれたんです。M市内の栄養専門短大に入り下宿しながら栄養士の資格を取り今の会社に就職しました」

ちょうどその時に注文した飲み物が、運ばれてきた。良平はレギュラーコーヒー、好子は温かい紅茶。二人でカップを持ち上げ乾杯の仕草をした。

「岡田さんは、何か趣味をお持ちですか」

「まあ、丹波の山ばかりの所で育ちましたから低い山を散歩がてら歩くことぐらいです。高校生の時はギターを少し触りましたが。あなたは」

「短大ではワンダーフォーゲルの同好会に入り東海自然歩道を歩いたり低い山に登ったりしていました。そうだわ、来月の日曜日に瀬戸市にある岩巣山に行きませんか。遊歩道の途中にあります。標高四百八十メートル、ゆっくり行って二時間あれば頂上です。お弁当は私が用意しますから」

その後これからの待ち合わせについて約束した。今日の教訓から三十分過ぎても現れない時は、何か急用ができたとし、なかったことにすると申し合わせた。

音楽喫茶で約束した日曜日の朝、私鉄終点の尾張瀬戸駅前から国鉄バスに乗り岩屋堂温泉で降りて目的地を目指した。道沿いにあるプールを過ぎると上り口があり岩屋堂百二十メートル、暁明の滝百六十メートルの看板が目に入った。

「ほら、ここが岩屋堂、巨大な岩からできている石室よ」

好子が、登山口にある岩屋堂の中の薬師石仏一体と観音石仏十二体を指さした。

「祀られている石仏の薬師如来は僧行基がここにこもって刻んだとか言われてます。眼病と耳の病に効くと言われ信者も多いそうよ」

好子の説明に頷きながら二人は頂上を目指す。展望台を過ぎると周囲が良く見渡せる尾根筋にこんもりした花崗岩からなるとんがりが目立つ。

「あれが岩巣山ですか」

「いいえ、あれは、元岩巣で山頂はもう少し先です」

元岩巣からは、瀬戸の町や近くの猿投山、三国山のほかはるかM市の市街地や木曽の御嶽山まで三百六十度の展望ができた。周囲の白地の山肌に緑が映えて見事な景色であった。しばらく行くと分岐点があり左に折れ三十分ほどで岩巣山に着いた。しかし山頂は、展望が効かなかった。左のほうへ少し移動すると元岩巣を見晴らせる岩がありそこで好子手作りのおにぎり、野菜サラダと煮物などの昼食を取った。

「さすが、栄養士さんだけあっておかずの彩りも美しいし味も抜群ですね」

「あら、そう言っていただけると嬉しいわ。有難うございます。会社の食堂では、材料費が決められているから中々美味しいものもできないの」

再び分岐点まで戻り左に折れて瀬戸市白岩町の白岩の里を目指した。下るにつれて清流のせせらぎが聞こえ小さな滝に周囲の緑が映えてまぶしいくらいだった。間もなく白岩の里へ出て白岩バス停から国鉄バスに乗り瀬戸駅に戻り家路についた。その後は、休日に映画を見たり近くの東海自然歩道を歩いたりして親交を深めた。

「ねー、良平さん、私ね、山の映画が大好きなんです。今度のお休みの日に名画座へ映画『氷壁』を見に行きませんか。七、八年前に封切られたものだけどちょうど今名画復活祭りで上映されているわ」

名画座は、客席数百余と小さな映画館だったが、邦画、洋画ともに好作品を中心に上映し根強いファンを持っていた。

「確か、井上靖の小説が話題になったことは覚えていますが」

その映画は、大映製作のカラー映画で上映時間九十六分、主役の穂高に登る魚津恭太役に菅原謙次、一緒に登る親友の小坂乙彦に川崎敬三、その妹に野添ひとみ、化学会社重役の妻八代美那子役を山本富士子が演じていた。

「二人が穂高の東壁に登っていて岩場があと十メートルで尽きるところ。そこでナイロンザイルが切れ小坂が転落死する。ここから物語が始まるんですね。なぜ切れたかは分からずじまいで魚津も最後に遭難して終わりました。ああいう山の映画は初めて見ましたよ」

「あの凍り付いた岩肌を登って行く山男の気持ち、山に関心ない人にはわからないんでしょうね」

「そうです、分かりませんね、なぜあんな危険なことを敢えてするなんて」

「山に登る人は、そこに山があるからと言うんですが、征服した時の達成感が苦労すればするほど大きいからじゃないかしら」

「映画に出てくる女性、八代美那子と小坂の妹のかおる。二人ともに魚津に好意を持つんですが、両人ともに積極的ですね。美那子は魚津の会社へ訪ねて行ったり、かおるは彼に自ら結婚を申し込むなど」

「そうね、女性の行動が目立ちましたが、現実での私たちは尻込みしてできないですけど」

「それにしても、ナイロンザイルが切れるかどうかの実験を美那子の夫が行なうことになったりとあまりにもうまく出来過ぎている気がしますが。しかしスリルがあってどうなるかと気にしながら、あっという間に終わった感じでした。興味深く見ましたよ」

「筋書きが偶然なのは、小説だからそんなものでしょうね。八代の夫が行った実験ではザイルが切れなくて小坂の転落の原因は分からないまま魚津は穂高で事故死でしょ。結婚がふいになってかおるがかわいそうだったわ」

映画の批評で二人の話は結構盛り上がって、よい休日になった。

好子は、化粧をあまりしなくて素顔が多かった。指輪とかイヤリング、ネックレス類も見かけたことがなく良平もそういう普段の姿を好んだ。

日がたつにつれて好子のことを気にする日が多くなった。何かにつけて好子が居たらどんなに楽しいだろうかと想像がどんどん膨らんでいく。ふくよかな笑顔が目をつぶっていても消えなかった。

岩巣山へ行って半年ばかり経った頃である。良平は、珍しく自ら国鉄中央線沿線の定光寺から岩巣山へ抜ける自然歩道歩きを誘った。それまでは好子に誘われて低い山歩きが多かった。それで良平は「愛知の低山ハイキングの決定版」なる本を買い求め研究していた。休日には往路にある標高三二七メートルの山星山まで下見に出掛ける周到ぶりだった。

結婚

ある年の春の日曜日、二人は、中央線定光寺駅を降りた。城嶺橋《しろかねはし》を渡ると愛知県春日井市から瀬戸市へと入る。川の両岸には、M市の奥座敷としてホテル、旅館が五、六軒立ち並んでいた、橋を渡って五十メートルほどで遊歩道入口の看板が目にとまる。ここから御手洗川沿いに定光寺正伝池まで〇・八キロの渓流が楽しめる登り坂の散策路が続く。

「規模は小さいけどミニ奥入瀬みたいで緑がきれいね」

赤い小さなリュックサックを背負った好子が、先を行く良平に話しかける。

「青森の奥入瀬でしょ、私はまだ行ったことがないけど、新緑と紅葉がすばらしいと旅行雑誌で読んだことがあります」

「十和田湖から焼山までの十四キロメートルの奥入瀬川の滝や渓流、沢など移り変わる景色が素晴らしかったわ」

好子が、学生時代に友人たちと旅行した思い出話をしながら先頭を替わった。涼しい風とせせらぎの音、流れに映える緑の美しさに見とれながら正伝池に出る。池の左側には臨済宗妙心寺派の応夢山定光寺がある。

「帰りにこの寺に寄ることにしましょうか」

良平はそう言いながら池の淵から自然休養林に向かう。この自然休養林は、M営林局が瀬戸国有林を開放したものでキャンプ場、駐車場、アーチェリーの練習場などが整備されていた。池を出て自然歩道を三十分くらい歩き高根山に着いた。

「うわー、いい眺め。あれが御嶽山、伊吹山でしょ、鈴鹿山脈も三河湾も見えるわ」

天候に恵まれ二百九十メートルの山頂から、三百六十度の視界が効いて好子が歓声を上げた。

「あれが濃尾平野で右のほうに高蔵寺ニュータウンの団地街が」

良平もあいづちを打ちながら下見の成果が出たことにほくそ笑む。小休止の後高根山からさらに四十メートルばかり上方の山星山へ向かう。

「このあたりは尾張藩が鷹狩を行った所だそうですよ」

良平が事前学習で得た知識を披露する。すぐに好子がニコリと笑い、受け答えた。

「鷹はもういないと思うけど、野鳥の鳴き声は良く聞こえますね」

好子が、あたり一面に若芽を出しかけている木々の葉に手をやりながらちょっと首をかしげながら耳を澄ます仕草が愛らしい。座り心地の良さそうな場所を選び遅い昼食となった。

「これから岩巣山へ向かうのは、時間が足りないと思うので戻って定光寺を参って帰りましょうか」

三十分ほどの食事休憩を取った後に良平の提案で来た道を引き返す。いつの間にか好子の右手が良平の左手の下に入り腕を組みなだらかな坂道を下った。暫く行くと定光寺へと続く石段に差し掛かった。

「百六十二段の階段はきつい」

良平は、息を弾ませながら先に行く好子に遅ればせながら最後の一段を踏み越えた。

「私は大丈夫よ」

好子はあっけらかんとして本堂の前に立っていた。

「この寺は一三三六年、建武三年僧覚源の創立と言われる古刹だそうです。江戸時代、初代尾張藩主の徳川義直が鷹狩りでここを訪れたため藩の庇護を受け、義直の墓もありますよ」

良平が仕入れた歴史のうんちくを傾けた。本堂の右横に義直公廟に至る門が見える。それをくぐり抜け登坂を百メートルほど進むと獅子門に着く。門の中段には、左甚五郎作と伝えられる一対の獅子が彫られている。ここから更に八十メートルばかりで龍の門があり狩野元信が描いたという龍の絵が目に入る。龍の門の前は、広場で正面に焼香殿があり右側に公に殉死した武士九名の墓が今も主君を見守る。焼香殿の奥、一段と高い所に建つ義直公廟所が本堂のあたり一帯を見下ろしている。

「道理で立派な獅子の絵や龍の彫り物などがあるんですね」

「日光の東照宮に似ていると言われていますが、そういう歴史の上に建てられた痕跡が残っているんですよ」

広場にある石段に並んでひとしきり寺の今昔話が弾んだ。あたりに人の気配は全くなかった。

やがて良平は、好子の肩に右手でそっと触れた。その肩が、ぴくりと上がったが抗うことなしに身を寄せてきた。さらに抱き寄せ目をつぶったまま唇を合わせ乳房を柔らかくまさぐった。甘い香りが良平の顔面に広がった。好子も従い互いの舌の先同士で相手の愛情を確かめ合った。暫くして
「結婚して下さい」

良平の求愛宣言に
「私で良かったら」

好子が、ためらうことなく応じた。

結婚・独立

良平は、数年後に独立し店を開きたいと打ち明けた。こうして半年後の秋に二人はM市

で結婚式を挙げた。良平は二十七歳、好子二十二歳であった。

二人ともに片親で実家は遠方とあってわずかな親戚と友人数人と簡素な式で終わった。新居は、M市名北区のはずれにある新開地に家を借りた。区画整理中の所が点在しておりガスはプロパンだった。環境的には、歩いて数分で池があり四季ごとに自然を楽しめそうなことが気に入った。この池は、歩いて十五分くらいで一周でき好子にとって山行きの訓練用の歩行に格好の地であることも決めた理由になった。

新婚旅行は、好子の希望で岩手県・平泉の中尊寺、毛越寺と十和田湖、奥入瀬を巡る四泊五日の旅となった。奥入瀬の案内は、前に訪れたことのある好子が受け持った。

「子ノ口から焼山まで十四キロの奥入瀬渓流を全部歩いたら四時間かかるからどうしましょうか」

下流の出発点である石ヶ戸のバス停で好子が尋ねた。

「案内書で見たら渓流と滝を見るコースがいいって書いてあったけど」

「そうね、そうしたら馬門岩のバス停まで行ってそこから雲井の滝まで歩きましょう。渓流の見どころがいっぱいよ」

確かに最も知られている箇所の阿修羅の流れでは、苔むした岩の上をほとばしる激流が頭上の紅葉に映えて、えもいわれぬ美しさであった。四十五分ほどかけて飛金の流れなどを見て雲井の滝に着いた。この滝は、樹木にうっそうと囲われた谷間の二十五メートルの高さから三段に分かれて流れが落下してくる。豪快そのものといった感じであった。

「ここから銚子大橋まで六キロ少しだけど不老、白糸など十の滝が点在し瀑布街道と呼ばれているの」

好子の解説を聞きながら二時間ばかりかけて銚子大滝にたどり着いた。途中の渓流には、木々の紅葉が赤や、黄色、黄金色に映えて気が付けば銚子大滝という短い時間であった。

三十分ほど上れば上流の出発点である子の口である。この大滝は、奥入瀬渓流の本流にかかる唯一の滝で幅が二十メートル、高さが七メートルの堂々たる雄姿。幾筋もの水の帯がしぶきを上げながら落ちてきて周囲の木々のわずかに色づき始めた紅葉を映し出している。落下地点であがる瀑布の水柱があたりの風景と調和し躍動感あふれる一幅の絵となっている。

「岩巣山へ行った時に白岩の里へ下る際の渓流や定光寺の散策路とは比べようもない規模と美しさを堪能しましたよ」

良平のこの感想が新婚旅行のすべてを語って無事にM市に戻った。

結婚後三年経って念願の独立を果たした。良平は、有限会社の岡田衣料を設立し糸源の近くに狭いながら店舗を構えることができた。子供ができるまでは好子が店に座り、良平は時間を見つけて営業で外回りをした。商いは着物、帯の反物中心だったが、中でも丹波木綿は織物から製品まで品数と数量は限られていたものの、愛好家に根強い人気があった。好子は、女性用の小物の販売にも目を付けた。中でも売れ筋となったのが、墨と備長炭で染めて仕上げた手提げバッグとポシェットだ。これらを奈良の製造所から仕入れた時、良平が尋ねた。

「どこでこの製品を知ったの。表面の絵がまるで水墨画みたいで素敵だね。生地は何から出来ているの」

「この前、中学校の同窓会に行ったでしょ。その時に友達が持っていて私も気に入ったので買った先を聞いておいたの。それから製造元を調べたわ。帆布なので軽くて丈夫なの。綿百パーセントの表地を天然素材で染め上げるから落ち着いた風合いが受けるみたい。裏地は黄色がかった緑色でやさしい感じがするでしょ」

「帆布と言えば、木綿や麻の太糸をびっしりと平織りにした厚地の織物だな。ところでポシェットというのはどういう意味？」

「フランス語で小さなポケットを表すと聞いたわ。肩から下げる長いひものついた小型のバッグよ」

「同じように下げるものでショルダーバッグがあるけど、どう違うの」

「そちらは英語だけど、小さな肩掛けカバンだよね。どう違うといわれても困るけど、ポシェットのほうがやや小さい感じがするわ」

こうして顧客も順調に固定化して生活できるメドがつき女性の店員を一人雇うことができた。好子は、商売が安定してくると地元の新聞社の主宰する文化センターの講座「登山入門教室」に入った。その講座で知り合った神戸香や山本茂子ら仲間達と「山を歩こう会」を作った。それからは暇を見つけて山友達と南アルプスの木曽駒ケ岳、鈴鹿連峰の尾根歩きや主峰の御在所岳、養老山系の藤原岳などに登っていた。好子は、歩こう会の会計幹事を仰せつかり、皆のまとめ役として頼りにされていた。

晩秋の連休日を狙い好子は、御在所岳登山に良平を誘った。登る道は、一般的なコースの表道、中道、裏道の三通りのほかに一ノ谷新道と武平峠道がある。この日は裏道を行くことになった。

「一般的な三つの登山道のうち時間はかかるけど、これは登り坂が少なく一番歩きやすいからね」

M市から近鉄線の四日市駅で乗り換え湯の山駅に着きバスで十分ほど。いよいよ上る段になって好子がルート選びの理由を説明した。十五分ほど登り蒼滝茶屋を経て更に小一時間かかり藤内小屋に辿り着いた。ここから北谷を右に渡り進むと兎の耳と呼ばれる大きな石が隣り合っているテント場が目に入る。谷はぐっと開け明るさが増す。

「ほら、前方左に突き出た巨大な岩壁が見えるでしょ。あれが有名な藤内壁よ。岩登りの練習場として登山家には全国的にも知られているわ」

「結婚前に名画座で見た『氷壁』を思い出すね。あのザイルが切れるところよく覚えているよ。成程ね、こんな垂直に近い岩の壁に登るなんて、目がくらみ足が震えてとても僕にはできないな」

「私は、一度挑戦してみたいと以前から思っているんだけど」

「おい、おい、止めてよ。僕は絶対に反対だよ、落ちたらどうなるか、思っただけでも身震いがする。早くここを抜けよう」

良平にせかされて一時間ばかりかけて一二〇九メートルの御在所岳頂上に着いた。この日は快晴に恵まれて三百六十度の展望が効きはるかに御嶽、乗鞍、北アルプスの山々、白山などが眺められ満足した。昭和三十四年、山頂と山麓駅との間に全長二一五九メートルのロープウエイが完成、山上駅付近には、山上公園、日本カモシカセンター、回転展望台、休憩所などが完備し頂上から冬はスキーも楽しめる。

「ここから養老山系に向かえば水晶岳、釈迦ヶ岳、竜ヶ岳につながり反対に向えば鎌ヶ岳までの尾根歩きができるの」

三角点あたりで好子の説明を聞き、良平には鈴鹿連峰の全容がはっきりしてきた。

「でもちょっと足が痛い。帰りはロープウエイに乗り麓《ふもと》のホテルの温泉でゆっくりしていこうよ」

良平の提案でこの日の登山はお開きとなった。

それからしばらくして二人は男の子に恵まれた。隼人と名付け幼少期を順調に育っていった。二人が商売で忙しいため幼児の時は保育園、小学校へ入ってからは学童保育で面倒を見てもらった。お迎え役は好子で、いつも閉園間際に駆け付け顔を見るなり飛びついてくる隼人を抱っこして

「私の王子様、遅くなって御免なさいね」

とつぶやくのが口癖になった。一人っ子だったからゲーム機でも何でも言われるままに買い与える生活でわがままに育ててしまった。小学校を終え進学は、国立大学の附属中学校に入ることができた。入学は抽選で決めるが、運よく当たり高等学校を併設しているため受験勉強の心配がなくていいと好子は喜んだ。高等学校へはそのまま進級できたが、三年生になり大学受験で周りの級友の意欲が高まるにつれ

「折角、附属に入れたんだからどこでもいいから大学へ入ってちょうだい」

「大学か、別に、俺は行きたくないんだ。料理することが好きだからそっちへ行こうかな」

隼人は、心配して問いただした好子に対しそっけない口振りで答え

「それよりさあー、俺オートバイに乗りたいんだ、買ってくれたら受験勉強するかもね、オカン」

交換条件を出してきて好子も受験して欲しさでこれに応じた。どうやら他校の遊び仲間で誰が一番先に買ってもらえるか競争になっているみたいだった。無論、通う高等学校のクラス内での関心はどこの大学を受験するかで、遊びまくっているのは隼人ただ一人だけだった。

「体育実習のスキーは抜群だけど、学科の成績はクラスでビリ。このままでは卒業もおぼつかないと学校から脅されているのよ。それなのにオートバイを買ってくれたら勉強するかもとか。どうしますこの話、今日の父母懇談会で受験の話の出ないのはうちだけ。なんか取り残されたみたいで肩身が狭かったわ」

遅い時間となった夕食時で好子が、隼人の進学問題で懇談会の模様を話した。

「うん、甘やかして育ててしまったから親の責任でもあるが、もう自分のことは自ら決める年だから言うようにやらせてみるか。スキーは小さい頃から連れて行っているから得

手なんだな。何か打ち込むことを見つけるまで見守るしかないな」

　こうして後日、隼人はH社の最新型ナイトホーク二五〇を手にした。仲間内ではとても手の届かない自動二輪車を手にした隼人は、番長格で一目置かれ遊びに輪がかかり、約束事の勉強はどこかへいってしまった。三年生も終わりになり卒業が危ぶまれたが、留年するとそれだけ教師の負担が増えるためお情けで修業させてもらい、二年制の調理の専門学校へ進んだ。卒業後は市内の中堅のホテルの調理部門に就職できた。配置された職場は和食部門で勤務時間は不規則だった。週に一日の休みがあったが、有給休暇はなかなか取れなかった。それでも隼人は、休みになると国道十九号線沿いの木曽福島や薮原などのスキー場へ出かけるのを常とした。

　中でも木曽福島の大きな民宿Kを定宿としたが、そこへ手伝いに来ていた山口清香を見染め結婚することになった。

　彼女は地元の農家の娘さんで、兄と姉がいたため地元から出たがっていた。小太りしふっくらとした丸顔で鳩胸、見るからに健康そうな体躯だったが、難点と言えば人見知りすることだった。婚約者をM市へ連れてきて紹介された後、好子と清香は、波長が合うらしく直ぐに打ち解けた仲になった。しかし良平とはぎこちない握手をし型通りのあいさつの後、話題が見つからず会話が弾まなかった。

隼人と清香は結婚して市内中心地のマンションに住んでいた。六年経ち二人は、亜里香、大樹の一男一女に恵まれた。夫は、不規則な勤務で残業が多い割に給料が安く、清香はパートでほぼ毎日働いていた。そのせいもあるが、郊外に借家住まいの良平宅を訪れることはあまり多くなかった。そんなこともあった孫たちは、普段、一緒に暮らしていないので祖父母にあまりなつく環境にはなかった。

「お母さん、亜里香に熱があるの、今日見てくれない」

「うん、今日は店の外回りを手伝うつもりだったけど、いいわ、お父さんに断っておくわ」

二人の幼児が保育園の集団風邪を含めて良く休む、加えて園の運動会などで好子は、孫のところへ通うことが多かった。このため孫たちは、好子には

「ばあちゃん、ばあちゃん」

となついたが、たまに実家に来た時良平に話しかけることもなくすぐに祖母の懐に飛び込むのだった。仕方なく良平が

「ほら、ここにジュースと飴があるよ」

関心を引くため呼ぶと

「お父さん、止めて下さい。歯が悪くなるから甘いものはなるべく与えないようにと保

育園で言われてるの。だから家でも無添加のジュースとか糖分のほとんどないお菓子を選んでいるのよ」

でも子供たちから、目の前に出された美味しいものを取り去るわけにはいかず苦い顔の清香であった。

こうして数年が過ぎたある年の春のことである。日曜日の午後、二人でお茶を飲んでゆっくりしていた時に

「金婚式には、まだ早いが今年で結婚四十年になるな。記念して京都へ旅行に行こうか」

良平が、資料を手に持ちながら言い出した。

「あら、いいわね。うれしいわ」

「インターネットで見たんだが、京都・伏見宇治川畔の観月橋のたもとに月見館という旅館があるんだ」

良平が、右側の宇治川を背景にした赤い屋根の三階建て旅館全景の写真を見せた。

「でも今どき、木造で古そうな建物ね」

「それには、理由があるんだ。最初の建物は、もっと下にあって川畔に船を浮かべ遊覧兼食事もできたそうだ」

ところが、昭和三十年代に度重なる宇治川の氾濫で堤防をかさ上げすることになった。

そこで昭和十二年創業の建物をどうするか。一旦壊して再建するか、そのまま上方へかさ上げ移転するか。最終的にそのまま上へ移転し原形が残った今の旅館の歴史がある。建物は、文化庁の文化財に指定され旅館前の広場には往年の屋形船も展示されている。

「ありきたりのホテルに泊まるより、なんかいわれのある所のほうがいいかなと思って。近くに宇治の平等院があるから寄ってみよう」

「平等院、よく名前は聞くけど行ったことないから是非そうして。それは楽しみだわ」

好子は、素直に喜んでくれた。旅行日が来てその日午後三時ころ月見館に着き玄関横の屋形船の大きさに感心した。そのまま堤防に沿って河川敷まで降りる。

「ここに船を留めて川下りをしたり宴会を催したりしたんだなー」

二人で確かめ合い往時の活況をそれぞれが心に描いた。その後敷地内に掘り当てたという天然温泉につかった後に夕食となった。豪華な京懐石のお膳を囲みながら

「今日までのご協力に感謝して奥様孝行を企画しました」

良平が、ビールで乾杯の前にこう切り出した。

「まあ、改まって照れ臭くなっちゃうけど、感謝します。お役に立たなくて申し訳ない気持ちですけど有難うございます」

「いやいや、これまでの家庭内、商売上で好子さんの協力がなかったら今日がないと

思ってます」

良平は、照れずに感謝を述べ頭を下げた。お互いのグラスをカチンと合わせ健康と幸せを祈った。食事が進む中で孫の話になり、清香との折り合いをどうしたらいいかになった。

「俺はね、やっぱりあの伊吹山での出来事が尾を引いていると思うよ」

良平が、亜里香四歳、大樹が三歳だった時のことを思い出した。

「私は、その時一緒じゃなかったから、もう一度詳しく聞きたいわ」

好子が、銚子を取り上げ良平に日本酒を注ぎながら先を促した。

伊吹山事件

ある年の正月明けに実家を訪れた際、

「お父さん、今度の日曜日に子供たちをどこかへ遊びに連れて行ってくれませんか」

珍しく清香の頼みに
「そうだな、この前買った車で遠出してみるか。滋賀県の伊吹山へスキーに行こうか。好子は、今度登る山の打ち合わせがあると言ってたけど」

「隼人も勤務日で駄目だけど。じゃー四人で行きましょうか。亜里香は、お父さんに任せて私は大樹と橇で楽しむわ。子供たちも喜ぶでしょう」

早速、良平は車にスノータイヤをはかせスキー板を乗せる準備をした。清香は子供用のブーツと帽子を用意した。当日は、名神高速道路の関ヶ原インターチェンジを降りて一般道で二十分、M市から二時間余りでスキー場入口に到着した。車中で清香が話しかけてきた。

「お父さんたちは、伊吹山で初めて会ったんだってお母さんから聞いたわ。なれそめの地なのね」

「なれそめのちって」

亜里香が清香のジャンパーの袖を引っ張りながら訊ねた。

「おじいちゃんたちが、結婚する前に仲良くなった所かな」

「ふーん、二人でスキーに行ったの」

「そうじゃなくて、皆でバスに乗り今から行くスキー場のある山の一番上まで行ったの」

良平の説明に

「それじゃー、みんながいるから二人だけで仲良くなれないよ、ね、母さん」

「まあ、いいや、大きくなったらその続きを話すね。亜里香さん」

そうこうするうちに目の前にゲレンデ下の駐車場が現れた。時計を見ると十時を少し回ったところだった。早速子供用の板とストックと橇を借りゲレンデに出た。

「まず、ラジオ体操第一で体をほぐそうね」

良平の号令で体操の後、首、股関節、腰、肩、手、指、足首などを入念に回したりひねったりし滑り始めた。五合目まではスキー用のリフトが営業している。もっとも初めて滑る子供相手なので「ハ」の字で下る全く緩い直滑降の練習で昼になった。橇組はもう飽きて食堂で待機していた。

「お父さん、車の中にお弁当のおかずの一部と果物が置いてあるの。取ってきましょうか」

「いいよ、私が行ってくるから」

良平はそう言って車のカギを探している。

「おかしいな、ポケットに入れたはずなんだが」

ジャンパー、下シャツ、ズボンのポケットを探しまくったが見つからない。

「困ったなー、車を降りる時に右の内ポケットに入れたはずなんだが」

先ほどと同じ言葉を繰り返している。

「予備のカギは、ないんですか?」

「それが家に置いてきちゃったんだ」

「どうしたの、お母さん、お腹がすいたよー、早くお弁当食べたいよー」

子供たちがむずかった。取敢えず持参の弁当でお昼は済ませたが、良平は食事どころではなかった。嫁と孫たちに済まない気持ちと不甲斐なさで落ち込んだ。

「すまん、すまん。ゲレンデを探しても無駄だから今から家に帰り取ってくる」

「帰るって、どうやって」

「ここからタクシーで国鉄東海道線の近江長岡駅まで出る。十五分はかからないはずだ。長岡からM駅までは一時間十五分。駅から家までタクシー四十分か。往復すると四時間ちょっとかな」

「電車が都合よく出てそれだから無理ね、大樹のお昼寝もあるし。ここでそんなに待つのは」

清香の表情が険しくなってうらめしそうだ。

「足が冷たいからもう帰る」

亜里香が泣きべそをかきだした。

「ぼくもかえりたいよー」

大樹もおねーちゃんに調子を合わせむずかりだした。

「仕方がないな、おじいちゃんのせいで申し訳なかったな。帰ろうか」

良平の板、ストック、靴などは板などを貸している店に預けてバス、列車などを利用し家に着いたのは三時を回る頃であった。楽しいはずの行楽が、一転して通夜みたいになった。家に帰るまで良平と清香たちとの会話はなかった。この件以来、清香が良平と話をする機会が前よりも少なくなった。

旅行二日目は、居心地の良かった旅館の下にある駅から出ている私鉄に乗り平等院へ向かった。国宝の鳳凰堂は、阿字池と呼ばれる池の中島に建っている。平安時代後期、時の関白藤原頼通が建立した阿弥陀堂が美しい姿を静かな水面に映えていた。堂内の中央に鎮座している金色の阿弥陀如来坐像を参拝し後背地にある平等院ミュージアムなどを見学し帰路についた。好子には、池面に映る逆さ鳳凰堂の朱色と空の青、松の緑とのあざかやな対照が心に残った。

岡田衣料の売り上げは、人づてにお得意先が広がり反物、女性用の羽織、コートが順調に伸びた。良平は、お客の要望に応じて洗える着物や直し、古着の再生などにも手を広げ利益が出てかなりの貯えもできた。そこで近所で売りに出た宅地について、ある日の夕食後に二人で相談となった。

「昨日、散歩していて気が付いたんだが、家からかなり坂を上がった角地。緑林公園東入り口から来た四つ角に宅地の売り物件の看板を見たよ。亜里香たちももうすぐ小学校だしもっと環境の良い所に住ませたいな」

良平が、そばにあった紙切れに看板から写した略図を書いて見せた。

「どれくらいの広さ?」

「約八十坪と書いてあったな。南向きの角地で日当たりはいい。これだけの広さがあれば花壇か野菜作りなんかもできると思うけど。山林に近い所だから土地代も高くない」

「いいと思うわ。一緒に住めば公園のすぐ北に小学校があるし。公園前のバスの停留所から電車の駅まで十分くらいだから。私たちや隼人たちの通勤にも問題ないわ。お金は大丈夫なの」

好子が乗り気を見せ、早速に町内の地図を取り寄せた。

「焦げ付きそうだった大東衣料にあった売掛金の回収ができ資金繰りは楽になった。土地を担保に少し銀行から借り入れすれば、今の二家族の家賃分くらいを毎月返済するのは何とかなると思うよ」

「歩いて七分くらいの所に夜叉が池という池がある。以前は農業用のため池だったそうだ。見てきたけど周りは木がうっそうと茂っていて散歩には良い所だよ」

「なんだかこわそうな名前ね。でもいいわ。それじゃー、不動産屋さんとの交渉お願いします。庭続きで戸建てを二軒にするといいわね」

土地を購入する前に建築の構想が先行する有様だった。亜里香が小学校に入学する前に入居したほうがいいため、その前年の年末に完成するよう工務店との話がまとまり予定通り両家族の新居が完成した。木材中心の日本式の家か洋風にするか、家の入口をどの方角に取るかなど色々検討を重ねた。結局、和風の建物で親のほうは平屋、子供用は二階建てにし、軒を並べて作ることになった。

暮らすようになると好子は、玄関を出れば孫たちの顔が見られるため何かにつけて隣へ出入りした。

「今日は孫たちはいるのか」

亜里香が無事に北部小学校に入学した春先の日曜日の朝、良平が尋ねた。

「さあー、留守にするとは聞いていないけど。自分でのぞけばいいんじゃない。他人の家でもあるまいし。何を遠慮しているの」

「一緒に住んで半年になるけど、向こうからは顔を見せないから。あまりなついていないし、何となく行きにくいんだ。この前もな、大樹を動物園に連れて行こうかと誘ったが」

「それでどうなったの」

「清香が止めときなさいと説得しているんだ」

「ああ、あなたが孫たちに甘いお菓子やコカコーラをすぐにあげるからでしょ。この前、おじいちゃんには、子供を預けられないってこぼしてたけど」

「かあさんは、あげてないの」

この頃、良平は好子のことをかあさん呼ばわりするようになっていた。

「子供のしつけには口を出さないようにして、親の言う通りにしているわ。私達だって隼人のわがままを許した苦い経験があるけど。あれが他人のせいでそうなることが分かっていたら許さないよね」

「なるほど、分かるけど、元々清香とはあまり気が合わないし。一緒にいる時は、孫たちの言うこときかないと間が持たないんだよ」

良平が、首を横に二、三度傾けながら眉間にしわを寄せた。

「私は、あや取りをしたり本を読んでやったり童謡を歌うとかして退屈しないけど。〝ごろすけ　ホーホー〟っていう童謡知っている」

「この前かあさんが歌っているのを聞いたことあるな。森のフクロウが言いました。私は森の見張り役、悪いおおかみ、きつね……ごろすけ　ホーホー　ごろすけホーだろ」

「そうよ、最後のフクロウの鳴き声を両方の親指を組み合わせてね。口笛みたいにホッホー、ホッホーと吹くと子供達はとても喜ぶのよ」

好子が、両手を合わせてフクローの鳴き声を上手に真似た。

「清香がどうもおじいさんの所へは行かないようにと言っているみたいでこちらも何となく馴染みにくいんだよ」

「幼ないうちに絵本を沢山読んでやることが、情緒が豊かになり人格形成に役立つって新聞で読んだことあるわ。たまには幼児向けの本でも買ってきたら。あせらず気長に付き合っていくうちに仲良くなれるって」

孫達との付き合い方談義はこの辺で終わった。

トムラウシ山行き

その後亜里香が、北部小学校に入学し毎朝、通学団のみんなと登校することに慣れた六月初めの夕食時に
「良平さん、私今度ね、北海道大雪山系の旭岳などを縦走する旅行に参加しようかと思っているけどいいかしら。北海道の山には登ったことがないから一度行きたかったの」
「いつから？　お盆なら私も行けるけど」
「ごめんね、七月十三日から十七日までなんで」

「大雪山という山があるの？」

「いいえ、そういう名前の山はないわ。北海道の中央の高地にそびえ立っている山々の総称をそう言っているの。その中で一番高いのが旭岳」

「いつもの山を歩こう会の仲間と行くの」

「いや、違うわ。東京の旅行代理店、Ａトラベルが募集している登山企画よ。神戸さんと二人で参加するつもり」

ちょうどその時、好子の携帯が鳴った。

「岡田ですが、ああ、香さん、ちょっと待ってね。はい、あなた、神戸さんから電話よ」

「はい、岡田ですが、いつも好子が〈歩こう会で〉お世話になっていてすみません。今度、北海道ですって」

「ええ、その会社の登山企画書では、年齢制限が七十歳までなの。私十月生まれで六十八歳でしょ。だから今年どうしても参加したいから好子さんに付き合ってと無理にお願いして。夏山だから大丈夫です。ごめんなさいね」

携帯を好子に返すと二人は暫く打ち合わせをしていた。

「良平さん、私ね、山本茂子さんから北アルプスのどこかへ登ろうと誘われているけど大雪山行きがあるから断ったわ」

案内のパンフレットを見ると〝料金は十五万二千円。魅力の大縦走　大雪山系縦断の満喫コース〟とあった。

「旭岳って標高はどれくらいかな、危なくないのかね」

「確か二二九〇メートルだったかな。真夏だし危険なことはないと思うけど」

「当然だけど、ガイドもちゃんと同行して案内するんだよね」

「そうよ、募集要項によると人員十数名に対して添乗員兼ガイドリーダーとほかに二名つくと書いてあるわ」

その後Aトラベルから送られてきた登山計画によると、登山前日に旭岳温泉に宿泊する。翌朝は、旭岳ロープウェイを利用して大雪山系の主な稜線を縦走。白雲岳避難小屋、ヒサゴ沼避難小屋に泊まり三日目にトムラウシ山を経てトムラウシ温泉へ下山し解散する予定だった。それから数日かけて好子は、登山の装備の用意に時間をかけた。下着類のほか帽子、手袋、スパッツ、ヘッドランプ、予備の電池、寝袋、アルファー米（乾燥米飯）、カロリーメイト、チョコレート、インスタントラーメン等の食料品、アイゼン、バンダナ、日焼け止めクリーム、医薬品、健康保険証等々で出発前日まで点検に余念がなかった。当日の朝、良平は仕事の都合で空港まで見送りに行けず、玄関を出てリュックサックを背にした好子を見送った。

「かあさん、気をつけてね」

「大丈夫ですよ、夏だしそんなに高い山じゃないから。行ってきます。留守番を宜しくお願いします」

大きな声でそれだけ言うと普段通りの軽快な足取りでバス停に向かう後ろ姿を見つめた。十メートルばかり歩いた後、好子が突然振り向いた。

「何か忘れ物でも」

「いいえ、何でもないの。ちょっと顔が見たかっただけよ」

「有難う」

再び歩き出した姿を見ながら良平は

「いつもと違って変だよなぁー」

独り言ちながら家に入った。

七月十三日、中部国際空港から新千歳空港に着いた好子ら一行は、旅行会社の用意したバスでその日の宿となる旭岳温泉の旅館白樺荘に向かった。バスの中で広島から来た旅行会社の添乗員兼ガイドリーダーの望月が自己紹介し同行するガイド二人、中部国際空港から乗り込んだ上倉と札幌市在住で新千歳で合流した入江を紹介した。三人のガイドは参加者の地域で活動するガイドからなりそれぞれが初対面のようだった。望月を除く二人は、一回毎に雇われる契約ガイドと分かった。参加者は、各自が住んでいるところと名前を名乗った。中部から八人のほかに広島六人、仙台一人が各空港から集まった。男女別では男性五人、女性十人の内訳だった。

「詳しい日程は宿で行いますが、何かご質問はありますか」

望月に促されて参加者から早速に質問が出た。

「ガイドのみなさんは、明日からの縦走のコースを経験していらっしゃるのですか」

「大雪山系は標高が高くないけど注意して登れと友人から忠告されましたが」

「はい、その点で申し訳ないのですが、入江を除き私と上倉はこのコースは初めてなんです。それで事前によく調べてきました。ご安心下さい。それから過去に台風の際に無理をして登山を続け凍死した例があります。高くない山といえども北海道は本州の山とは違い遭難する危険度は高いので天気予報に注意してまいります」

望月は海外でのガイドが豊富だったが、国内の山は関西、中国、四国、九州などが中心だった。上倉は、日本アルプス、富士山、北アルプス、立山縦走も経験していた。

旅館に着き食堂で夕食の後、この縦走路の経験のある入江ガイドから改めて明日からのコースの説明があった。参加者は地図を見ながら聞き入った。

「明日はですね、旭岳ロープウェイで姿見平駅まで登り姿見ノ池から旭岳、間宮岳、北海岳、白雲岳分岐点を経て白雲岳避難小屋で一泊、十二・四キロの歩行距離です。二日目は、宿泊地から高根ヶ原、忠別岳、五色岳、化雲岳でヒサゴ沼避難小屋に泊まります。距離は十六・三キロですが、途中の高根ヶ原は標高一八〇〇メートルの溶岩台地で十キロほど平地が続きます。ただ忠別岳避難小屋までは風よけになる場所もなく冷たいガスがかかりやすいので要注意です。最終日は、ヒサゴ沼避難小屋から日本庭園、北沼、トムラウシ山、南沼、トムラウシ公園、前トム平、カムイ天上を経てトムラウシ温泉です。距離は二日目と同じですが、日本庭園からトムラウシ山では、ロックガーデンと呼ばれる大きな岩の上を歩くので要注意です。途中の北沼は遅くまで雪渓が沼の周りに残っていることが多いので注意して渡って下さい」

説明が終わり質問が出た。

「明日からの天気はどうですか」

ガイドリーダーの望月が前に出て

「一日目は問題ないようですが、二日目、三日目は多少崩れるかも知れません」

「天気次第でやめることも」

「私達で十分に注意しあまりひどいようでしたら撤退も視野に入れますが」

かくして説明は終わり各自は、一室四名から五名の相部屋で明日の準備にかかった。好

子は、四名部屋で神戸のほかに中部空港から一緒だった吉崎雅子、大曲裕美子と同宿した。荷物をほどきながら神戸が

「説明会の後、望月ガイドに聞いたんです。天気が荒れたら強行しないんでしょうねと」

「そしたら返事はどうだったんですか」

皆が口をそろえて聞き返した。

「でもね、社内では、決まった日程を崩すことはなかなか認められないような雰囲気らしいの。なぜなら帰りのトムラウシ温泉から千歳空港までのバスは契約済みだし飛行機の席も手配してあるからやめると延期した分の赤字をどうするかとか。この時期だから航空券の買いなおしといっても手に入れるのは難しいでしょうし。参加者の目的地別に航空会社が違うから買い直しは、とても面倒だそうよ。結局、ガイドリーダーも撤退の決断が鈍るんじゃないかと心配だわ」

「なんだか頼りない話ばかりね」

「でもね、ここまで来て心配していても仕様がないわね。バスの中の自己紹介で男の方だけど登山歴五十三年と三十三年という強者もみえましたし夏だから大丈夫よ」

「百名山に九十山以上登ったという人も二、三いたし」

皆が話に加わり無事に三日間を乗り切ろうということで夢路についた。翌朝は予定通り

五時五十分に出発、ロープウエイに乗り二十分で姿見駅に着き姿見ヶ池から大雪山系最高峰の旭岳を目指す。一行には、ネパール人のポーター役、ククベが加わり総勢十九人となった。隊列の先頭を行くのは主ガイトの入江、真ん中がリーダーの望月、最後は補助役の上倉が受け持った。火山礫の尾根道で植物も見ることができずひたすら足を運ぶ以外にない。途中の五合目あたりから風が強くなり立っているのが精いっぱいという時もあった。山頂からは、トムラウシ山が見えてまずまずの天候といって良かった。その後、計画通り北海岳、白雲岳を通り白雲岳避難小屋に到着した。夕食後、三人のガイドが打ち合わせた結果が伝えられた。

「携帯電話の天気サイトで明日の天候を確かめました。それによると明日の午後に寒冷前線が通過するため崩れそうな予報です。雷を避けるために明朝は五時半出発予定を三十分繰り上げます。ですから今夜の就寝は、六時としますのでご協力をお願いします」

ガイドリーダー望月の説明に皆がうなずき指示通りの時間には寝袋に入った。

二日目は、高根ガ原越えである。出発は午前五時、天候は前日とは一変し風はないものの雨降り。全員が雨具を着用し避難小屋からお花畑を抜けて下って行く。晴天ならばゆっくりとコマクサなどの花を眺めながらの散歩道といったところだが、この日の終着地のヒサゴ沼避難小屋までとにかく急ぐ。やがて高根ガ原に出たが、平地ながら冷たいガス交じりの風で体が冷えてこたえる。縦走路で平が岳を超え忠別沼の湿地帯に出た頃は、登りがきついうえに雨と風が強くチシマキンバイソウなどを垣間見る間もなく忠別岳避難小屋に着く。

「ここには、水場もトイレもあります。十五分ばかり休憩を取ります。五色岳へは、最後の登り道です。五色岳から化雲岳を経ればヒサゴ沼避難小屋です。みなさん、もうひと踏ん張りですから頑張って下さい」

ガイドからの説明に一同がホッと一息ついた。

「これまで休憩はあったけど体が冷えないようにと、立ったままで五分間ずつしか休めなかったから疲れたわね。登山道の水はけが悪く水の中を歩いたから靴の中もびしょびしょよ」

参加者の一人がこぼした。男性の中には、濡れないために道の端を大股で飛ぶように歩く人もいたが、女性にはこれは無理だった。好子は、神戸に話しかけた。

「そうね、私も疲れたわ。雨が雨具の中に浸みこんで寒いの。先ほどの説明にあったけど五色岳への登り道はハイマツなどの低い木のトンネルが続くから雨露がひどいと思うから嫌ね」

「今夜泊まるヒサゴ沼避難小屋は、無人というけど。ここから出発地点まで引き返すのは、トムラウシ温泉へ行くのに比べ倍かかるわけだから、兎に角このまま行く以外ないよね」

二人は、うなずきあった。小休憩の後、化雲岳を経てヒサゴ沼へ下る道に出た。雪渓が残っておりゆっくり踏跡をたどり午後三時前に小屋に到着した。急いだせいもあり予定より一時間ばかり早く九時間かけて十六・三キロを踏破したことになった。しかし避難小屋は、雨の吹込みや壁から雨が浸み込み内部の濡れがひどく、雨具や靴、帽子などを良く乾かすことが出来なかった。ヒサゴ沼の周囲には、エゾノハクサンイチゲやエゾカンゾウ等のお花畑が展開していたが、これらを鑑賞するゆとりがなかった。ぬかるみの中を長時間にわたって歩き続けた上に濡れが残った避難小屋での悪条件が三日目の行程に影響を与えたことは間違いない。夕食後、翌日は、午前五時に出発とガイドからの連絡があった。皆が寝袋に入り横になったが体が冷えてなかなか寝付くことはできなかった。

好子は午前二時ころに目が覚めたが、外の雨の降る音が気になる。防寒用の下着を十分に持ってこなかったのを悔やんだ。風の音が聞こえないもののどうやら大雨のようだ。腕時計を見ると三時少し前だった。三時半には、全員が起床し朝食を各自がつくり出発の準備を整え待機する。五時少し前にガイドリーダーから今日の行動について説明があった。

「外の天気は雨と風で悪いです。先ほどラジオで十勝地方の天気予報を聞きました。それによると午前中は曇り、昼過ぎからは晴れとのことです。午後からは好転すると見込んで五時半に出ます。出るとすぐに雪渓を登りますからアイゼン装着の用意を願います。それからトムラウシ山には登らずに迂回ルートを取るかも知れません。我々の仕事は、山登りを助けるばかりではなくて、いかに安全に下山するかが最大の使命ですから」

吉崎雅子、大曲裕美子が
「一日出発を延ばしても命には代えられないよね。どうしようかしら、でも一人で行動するのは心細いし」

「こんな天気で本当に大丈夫かしら、十勝地方の予報といっても平野部のことでしょ。山は別だから心配だわ」

それぞれがくちごもった。

「岡田さんはどうするつもり？　私ってなんだか疲れが取れていない感じだわ。下着が少し濡れたままだし、防寒用といってもウインドブレーカーしか持ってこなかったし。大丈夫かなー、この天候で」

神戸がアイゼンを取り出そうとしていた好子に尋ねた。

「そうね、最悪の場合を考えてここに一日逗留することはありだと思うわ。でも午後から好天というＮＨＫの天気予報を信じましょう。トムラウシ山は登らず迂回するといっているし仮にこれ以上に悪化したらすぐにここへ引き返すように進言するつもりよ。私も本格的な防寒具は持ってこなかったけど。とにかく歩くしかないよね」

彼女は、北海道の山は初めてだったが、内地の山々を十数年登ってきたという自負があった。体力にも自信があった。それにこの登山を予定通り終わった次の日に欠かせない商談に加わることにもなっていた。ただ本州の山に登っているとしてもせいぜい二千メートル級の山々で冬山の経験はない。それに夏の北海道の登山で注意しなければならないのは、低体温症である。人の体で免疫や代謝が最も働く体温は、三十六度五分から三十七度と言われる。三十六度以下では震えが来て熱を作ろうとし三十四度は生存がギリギリの線である。従って今回の縦走中にその予防策として速乾性のTシャツや撥水素材の下着の着用が必必須だが、旅行前にあまり注意もなかった。参加者の間でも低体温症に関する注意や予防策についての話し合いがほとんどないままであった。

遭難事故

しかも二日目は、雨に打たれながら泥んこまみれと水びたしの登山道を歩き続けた。その上に濡れのひどい避難小屋での夜は十分な睡眠が取れず疲労を残したまま三日目の朝を迎えていた。十六キロの行程を前にして好子は、神戸、吉崎、大曲の三人に

「今日はとにかく離れずに行動しましょうね」

呼びかけに皆がこっくりした。

「岡田さんは、登山経験が十数年というから私達はついていきます。宜しく」

四人の中で最も小柄ながら骨太の体つきの大曲がおじぎ交じりの仕草で体を前に折った。いつもの山行きでは、記念写真で背が低いため一番前に座りVサインをするのが定番だと前夜に語っていた。

「私の登山歴と言っても内地の中級の山に登っているだけだし、北海道は初めてで皆さんの頼りにはならないと思うわ。でも三人寄れば何とかの智慧ともいうから相談しながら行きましょうね」

かくして五時半に出発となったが、小屋の出入り口付近で仙台から来た佐藤愛がたまたま隣にいたガイドの上倉に

「まるで台風みたいですね」

声をかけると

「これは台風ですよ。間違いなく」

答えが返ってきてどきりとした。

「こんな日に歩きたくないわね」

佐藤が、誰に話しかけるともなくつぶやいた。それならガイド達で相談してなぜ中止かどうか相談しないのと聞き返したかったが、それ以上は言えなかった。上倉からは、その後の発言はなかった。上倉の心中を探ってみればこうなる。自分は補助のガイドで一回きりの契約で来ている身。それでも参加者から見れば主催者の一員だ。これ以上の発言は、中止の相談を二人のガイドに持ち掛けることしかない。だが、ガイドリーダー、主リーダーにそれを言う権限も勇気もなく黙っているしかなかったと。

一行は、ヒサゴ沼の畔をぐるりと回り百五十メートルある雪渓を登ることになる。ここでアイゼンの装着にかかったが、付けるのに手間取る人があり三十分ほど遅れた。ネパール人のククベが踏み跡を付けておいたのでほとんどが雪渓を登り終えることができた。だが、神戸は、アイゼンの寸法が合わなかったせいか皆と相当に遅れ始めた。ガイドリーダーの望月がそれを見つけ神戸の傍まで戻り

「大丈夫ですか、神戸さん。私の右腕につかまって下さい」

「はい、有難うございます。アイゼンを履くのは初めてで寸法が合わなかったみたいだわ。それに寒い上になんだか頭が痛くなってきて」

神戸は、介添えのお陰でようやく登り切ったが望月がアイゼンを外すまでずっと付き添ってくれた。雪渓が終わった地点でククベが、ヒサゴ避難小屋に戻っていった。その日

の午後に同じA社の主宰する別のツアー「花の沼・五色ケ原からトムラウシ山縦走」の一行がヒサゴ沼避難小屋に一泊予定でその到着準備のためであった。

この避難小屋の定員は、三十人だから好子達の一行が戻れば泊まれない人が出ることになる。皆が揃ったところで少しばかりの休憩があった。好子たちは吉崎、大曲と揃って神戸を取り囲んだ。

「ごめんね、私が遅れ皆さんを待たせて。なんだか頭がフラフラするし寒気がするの」

「いつもの神戸さんらしくないけど、大丈夫かしら心配だわ」

好子が気づかいながら続けて
「でもね、私も足の先から冷えて腰から下がなんだかジンジンするわ。一枚しか持ってこなかったフリースが昨日の雨で乾いていないし」

フリースは、ポリエステル繊維素材の下着で保温性と速乾性に優れている。だから準備不足を嘆いた。ここで大曲がつぶやいた。

「あの私……何でもないの。御免なさい」

と口をつぐんだ。彼女はフリースを二枚持ってきており二人のいずれかに貸そうかと思わず言いかけて口をつぐんだ。冬山に慣れている兄の信夫の言葉を思い出したからだ。

「裕美子、防寒用の下着は二枚持って行けよ。いつ間に合うかわからないから」

大曲は、岡田と神戸には悪いと思ったが、この天候では自分を守れるかどうか自信を持てなくなっていた。ここで好子が、提案した。

「とにかくみんなで一緒に行くということは難しいので体力に応じて別行動ね」

四人で確認し隊列に加わった。主稜線へ出る途中の登りで風が強くなった。内地で経験する台風並みの強風で風速二十五メートルぐらいはあったと思われる。足元には、大きな岩がゴロゴロしており風によろめきながら足を踏み外す人が続出した。

「風対策にはとにかくしゃがんで下さい」

誰か分からないが、ガイドの一人が何度も絶叫している。中央にいた好子たちのグループにこの声はかろうじて聞こえたが、それから後ろの人へは風にかき消されてしまった。ヒサゴ沼の分岐点に出たが、進路をトムラウシ温泉方向に取る。この時点で、引き返すのか天人峡温泉まわりの別ルートを取るのかの判断が、ガイド間でなされなかった。一行は、天沼地点を過ぎ日本庭園にさしかかった。その途中にある平坦な木道を過ぎるころに強烈な西風に見舞われた。何とか風をしのぎながら八時半ころにロックガーデンに着いた。

ここは北沼の手前だが、大きな岩が連なっておりこの間を通り抜けなければならない。

「風がなければ岩の上を歩くことができると思うけど、これじゃー岩の間をすり抜けるしかないよな。だから時間がかかるんだ、ここを通過するのに」

好子の前を歩く男性がこぼしていた。

この頃から隊列に乱れが出始めた。登山道に水があふれ音をたてて流れていく。

「まるで沢登をしているみたいだ」

誰かが大声でつぶやいている。四人グループの先頭にいた好子が後ろの大曲に声を掛けた。

「もう三時間も経っているわ。まだ数キロ来ただけなのに。先が思いやられるわね。大曲さん、私、何だかとっても寒くなってきたの」

二人で後ろを振り返ると十メートルくらい離れて吉崎はいたが、神戸の姿がない。そのまま進んでロックガーデンが終わると丘状の広い所があった。そこで皆の揃うのを待つことになった。携帯電話は、この辺りでは場所によってしか通じないことがわかった。

ここでもすざましい風が吹き荒れていたが、およそ三十分くらい待たされ体力の消耗につながった。

「あれ、神戸さんはどこ?」

好子の呼びかけに
「最後のほうに見えます」

大曲の返事にホッとした。

トムラウシ山の手前にある北沼に着いたのが、午前十時半を過ぎていた。ヒサゴ沼からここまでの標準時間が二時間半だから倍近くかかったことになる。ところが登山道の東側に水があふれ出しており川幅二メートルほど、水深は膝くらいまでになっていた。一人で行ける人もいたが、多くの者が流れの中ほどに立ったガイドの入江の手を借りた。上倉が送り手になり入江まで手渡した。しかし誰かを手渡しした後に上倉の大きなリュックが傾いた。

「ごめん」

そう言って同伴者の手を離したが、もうその時は上倉が水中に入ってずぶ濡れになった。これで体温が一気に下がり、その後、下山の途中で倒れ救助されるまで二十数時間も人事不省になるという不測の事態を招いた。ここでも最後に残った三人を望月と上倉が介助し渡り切った。やはり一番後ろは、ふらふらした恰好の神戸であった。

渡り終えた所が北沼分岐点の手前である。分起点から左に進めばトムラウシの山頂へ、右に折れると迂回ルートになる。集合した場所で好子らは、また神戸のそばに集まった。

神戸が憔悴しきった表情で何かブツブツ言っている。風が吹き手足の寒さで意識が薄れていくのだろう。

「好子さん、……悪いわね」

よく聞いてみるとそう解釈できた。

「何が悪いの」

「私が、私が……ばっかりに……私が……寒い、寒いわ」

「ああ、神戸さんはこの山行きに誘ったことを謝っているんだわ。でも私は喜んで参加したのだから。そんなことを言わないでね、神戸さん」

好子の言葉に神戸は、うなずきもせず虚ろな目を空に向けたままだった。流れを渡るのに付き添ってきた上倉がそばに来て声をかけた
「どうしたんですか、神戸さん、しっかりして下さい」

上倉が温かい飲み物を与えたり背中をさすったりしたが反応は鈍かった。三人のガイドが神戸の介抱に追われている間、待機者は岩陰で寒さに加え一段と強くなった風と闘いながらじっとしている以外することがなかった。一行の後ろで休んでいた望月は、座ったまま貧乏ゆすりをしてしきりにあくびをしていた。

すると先程まで神戸に声かけしていた好子が突然
「キー、キャー」

奇声をあげ始めた。幻覚に襲われ始めたようだ。頭を押さえ吐き出しそうな気配であっ

た。どうも寒いよーという言葉がもつれてろれつが回らない様子だった。いつの間にか後列から前のほうへ移ってきたガイドの望月までが奇妙な行動を取った。そばにいた人のザックカバーが風で吹き飛ばされ、たまたま望月がうまくつかんだ。ところが

「これは誰のもの」

とも言わずに突如手を離したため遠くに飛ばされても平然としていた。後から思えば望月自身にも低体温症の危機が迫っていた警報かもしれない仕草だった。

暫くして望月が叫んだ。

「神戸さんが動けない。俺が面倒をみる。ビバーク（露営）だ。君ら二人で後の人を頼む」

参加者の一人が望月にツエルト（簡易テント）貸し与えた。

「望月さん、お疲れのようで、大丈夫ですか。私が残りましょうか」

入江の言葉に

「責任上、私が回復を待って下まで連れて行く。上倉と相談して後を頼む」

入江は、上倉となにやら相談していたが、右側に進路を取りトムラウシ温泉めざし下山を再開した。

「神戸さん、俺だ、望月だよ、分かる」

神戸は、閉じていた瞼を薄っすらと開けて
「わる……。いけなか……、ごめ……」

これだけ言って再び目を閉じた。望月には、この意味がよく分からなかった。

「気を確かに持って、何がいけないんだ。なんか食べたいものは」

望月は、なおも神戸をゆすったり声かけを繰り返したが無表情で目を閉じたままだった。神戸は、その後目を開けることはなかった。望月は、彼女を励ましながら自身が息切れし始めゾクッとした寒気に襲われた。暫くすると足元の冷えがきつく意識が朦朧としてきた。何もしたくなく何かに引き込まれるような気分だ。やがてスッーと眠気に誘われそのまま覚めない眠りについた。

孤独

北沼分岐点地点を過ぎて間もなく三人の女性が、動けなくなり参加者の男性と入江が付き添いビバークすることになった。止む無く残りの十人を上倉が連れて下山を始めた。途中の休憩時に好子が、再び奇声を発した。息切れとめまいに襲われ頭がクラクラする。余分に持ってこれなかったフリース、良平の顔、この秋に売り出す商品見本などが次々に走馬灯のように現れる。

その度ごとに

「フ……ス、りょう……、もっ……あお色か……」

等々と言いたい言葉であろう。フリースは、代わりを持参していれば着替えができたのでよほど悔しかったのだろう。あお色かは、商品見本のことだろうか。はっきりしない文言を断片的に叫ぶから他人から見れば正に奇妙な叫び声の連続になる。

「あなた、そんなうわごとことばっかり言っていないで。これからずっと歩くんですよ。何か食べなければ死んじゃうから。そしたら温泉まで行けないけどいいの」

クッキーを食べていた隣の参加者に強く肩を叩かれ、好子は、多少意識が戻ったか、カロリーメイトやチョコを出して夢中で頬張った。休憩後、歩を進めたトムラウシ分岐点前の南沼キャンプ場手前で一人が倒れ死亡した。一行は先行組と遅れた組に分かれ、好子は後組の一番後ろになった。

十六日の夜、良平は明日帰るはずの好子を中部国際空港へ迎えに行く準備をしていた。着いたら空港の大浴場に入るだろうからと着替えになりそうなものを苦労してあれこれ揃えた。好子の携帯電話に送信したが、圏外で通じなかった。彼は、この頃小便が近くなり夜の間に三、四回起きる癖がついていた。先程トイレから出て床に入る時に見た時計は一時だった。ウトウトしていると玄関のほうでかすかな音がしたように感じた。

「こんな夜中におかしいな、風の音かな」

独り言を言いながら寝室を出て廊下を進むと何か女の人影のようなものがスーッと消えたような気がした。

「まさか、好子がいるはずはないし、夢か。寝ぼけているんだ、俺は。でも、おかしいなあー」

つぶやきながら布団にもぐった。

一方、下山中に遅れた組の一行がトムラウシ公園にさしかかった。暫くするとしんがりの好子が、突然崩れるように倒れた。座ったままの状態で虚ろな眼を空に向けている。意識が段々遠のいていく。瞼の奥に良平が現れこちらへ来いと必死の形相で手招きしている。そちらへ向おうとするが、逆の方向へ戻されお互いの顔が徐々に離れていく。良平の口がパクパク開き何か叫んでいる。好子も叫び返すが、声も顔も全てが薄いもやのような幕の中に徐々に消えていった。好子が発見されたのは、翌十七日の午前四時三十五分。ヘリコプターで収容され短絡登山道から救急車で清水町の日本赤十字病院へ意識不明のまま運ばれ死亡が確認された。低体温症による凍死であった。無事に下山できたのは、八人とガイド二人、犠牲者はガイド一人、参加者七人という大惨事となった。

「ええっ、うちの好子が遭難、亡くなった。どうして」

警察から報告を受けた良平は、絶句したままその場にへたり込んでしまった。頭の中が真っ白になり何も考えられない。遺体は、検視を経て十九日に地元新得町の体育館に収容されるとの連絡で何はともあれ現地へ飛んだ。安らかで生前と変わりのない顔を見るなり泣き崩れ遺体のそばでそのまま一夜を過ごした。翌日好子と共にM市に帰って身内だけで簡素な野辺の見送りをしたが、死亡の第一報を清香に伝えた時の最初の言葉

「ああ、おとうさんと替わっていればよかったのに」

これには、崖から突き落とされたくらいの衝撃をくらった。実は、良平の本心もそうであったが、ずばり

「あなたは、私にとって要らない人」

の烙印を一人息子の嫁から宣言され依って立つ拠り所を失った。

それに加えて新聞、テレビ、週刊誌などマスコミの取材攻勢にまいった。

「奥さんはどんな人でしたか」、「出発前の状態は」、「警察から連絡を受けた時の気持ちは」、「今、どんな心境ですか」

各社から同じような質問が連日、連夜延々と繰り返される。精神的に耐えられなくなり、報道各社からの取材には一切応じないことにした。孤独な毎日が続き日常生活も一変した。店の経理は彼女に任せていたので、売掛金、買掛金、借入金の返済状況などの確

認に追われた。実印、預金通帳、出納帳を探し出し実務に追われた。家に帰れば好子の使っていた衣類や食器、家具などがそのままで思い出がふっ切れない。昨日までいた連れ合いを無くすことがどんなに大変なことか。台所、居間、玄関どこでも扉が開き好子が、ひょっこりと現れるような錯覚をおこし

「かあちゃん」

呼びかけることが多くなった。隣の孫宅とは、お正月にも顔を合わせないくらい疎遠になっていたから外食が多くなった。

半年ばかり経ち店の状況を把握できた。それによると買掛け金、売掛金とも問題なく借入金もほとんど返済済みと分かった。良平には目標を失った今、経営を続ける気力が無くなっていた。

「店を閉めたいと思うので、悪いけど辞めてもらえないかな」

ある日店員に告げた。

「えー、閉めるんですか。結構、お客さんも増えているのに。困っちゃうなー私。これからどうしたらいいのか分かりませんが」

「転職のことは、糸源に私が話を付けるから心配しないで。岡田衣料は、有限会社だけど会社を興す時より廃業するほうが難しいんだって。顧問の税理士さんが言ってたけど

ね。借金のないことを官報に掲載し一定期間を過ぎないと会社をなくすことができないって。今だったら円満に廃業できるから決心したので」

こうして好子が亡くなって十ヶ月後に、得意先に挨拶を済ませて店をたたんだ。すると長い一日が待っていた。取敢えず朝食を済ませると朝の散歩を日課とした。夜叉が池の周囲を回って帰ってくると約一時間が過ぎる。故郷は遠かったし会社勤めは短かったので気兼ねなく話せる友達はいなかった。目が悪いので映画やテレビは見ない。食事も朝は、パンと牛乳に果物、昼は食べたり食べなかったりで夕食はコンビニで買ったり店屋物が多くなった。

週のうち月曜と金曜日の午前は、近くのカラオケ喫茶店に集まり喉を競う会があった。そんな席でも寝不足から隅のほうでこくりこくりと船をこいでいる時が多かった。そんな毎日で一年半が過ぎた。相変わらず夜中の小便が気になり二時間おきにトイレに通う。この頃は、すぐに疲れるし体のかゆみがひどい。気力の衰えも以前より強く感じる。テレビの画面が見にくいと思ったが、緑内障が進んでることが分かり車の運転も止めて廃車の手続をしたところだ。毎朝起床時に
（このまま目が覚めずにずっと眠り続けられたらいいのに）

思いながらようやく布団から離れる。日中でも大声で

「かあちゃん」

と呼ぶことが多くなった。何か寂しくて好子の面影を連想しながら何度も叫ぶ。家には誰もいないから平気だ。しかし、一日中家に籠ると誰とも話をすることがない。

「かあちゃん、死にたいよー」

それから二年経った春のある日、いつものようにそんなことをつぶやきながら思いついたことがある。地下鉄で一周したら時間がつぶせるはずだ。M市の地下鉄は、環状線になっており五十分くらいで循環できるはずだ。所得に応じて年間千円から五千円出せば高齢者用の敬老パスで地下鉄、市バスが乗り放題になる。この定期券は、M市と民間が出資する第三セクターの会社が運営する鉄道やバスの利用もできる。良平は、毎週通ううちに先頭車両の進行方向に対し左側の優先席を定位置と決めた。するとその対面の席に同じような年配者がいることに気づいた。

そのうちに挨拶を交わすようになった頃
「いつもお見掛けしますね。大友と言います。宜しく」

ある日その男が会釈しながら席を立って隣に来た。大柄だが、どす黒くすこしむくんだような顔つきで健康そうには見えなかった。

「岡田です。こちらこそ、宜しくお願いします。一日がなかなか過ぎなくて退屈しています」

「お宅は、奥さんがみえますか。私は七年前に亡くしました。膵臓ガンで気が付いた時は手遅れ。三か月で逝ってしまいました。中華料理とか天ぷらとか脂っこいものが大好きでした。それが原因でしたかね」

「私も一人です。妻の好子が北海道の夏山で遭難死して五年です」

「夏山で、ですか。そんなことがあるんですね」

良平はトムラウシ山の出来事の顛末を大友に手短に話した。妻の死で自営業の店を畳んだこと、それ故に日曜日のような毎日となったことも伝えたうえで最近の体調を愚痴った。

「ピンピンコロリン、つまりピンコロで死ぬのが一番ですが、そうもいかないですね。自分で決める訳にはいかないし。夜は、小便が気になって何回も起きて熟睡できなくて。みんなとカラオケに行っても隅に座って居眠りばかり。時々心臓が煽られるような気分になります。先日、病院で検査したら緑内障に加え腎臓、肝臓の検査数値が要注意でした。それに最近、体がかゆくてなりません」

「アトピー性皮膚炎では」

「冬になり布団に入るとかゆくなりますね。それで皮膚科に診てもらった時に保湿剤をくれずに塗薬を調剤されました。それでも治らないとステロイドを使った更に強力な塗薬を処方され、その副作用で皮膚が荒れてかさぶたができ困ってます」

「それで夜中に気になるわけですか」

「かゆくて、かゆくて、おしっことかゆみの二重苦です」

「頻尿の件ですが、ＰＳＡの検査は受けてますか」

「ああ、前立腺がんや前立腺肥大の分かる血液検査でしょ、前回は２・０で正常の範囲内でした」

「それなら問題ありませんよね。とにかく年を取るとどこか悪くなりますね。自分はずっと糖尿病で治療中です。腎臓、心臓にも影響してこの病気は困ったものですよ。薬を毎日六種類も飲んでますが。最近飲む種類を減らしてですよ。この年になっておふくろのことを思い出します。晩年は、心臓弁膜症で苦しんでいました。うちは七人兄弟姉妹でしたから苦労した過労からでしょうね。貧乏で医者にも簡単にかかれなかったし。兄、弟のうち三人は結核などで終戦前後に亡くしてますし。母親の苦労を思えば我々はまだ恵まれているとは思いますが」

今は亡き母と言えば良平には、こんな思い出がある。まだ元気な時に丹波の実家に帰ると

「良平な、この頃は楽爪になってのお」

「楽爪って」

「昔はな、朝から夜中まで働き詰めやけん。百姓仕事で土を構いぱっなしさ。暇があれば家中の洗濯物を洗濯板で叩いて洗って干す。爪が縮まって伸びきらん。今は楽やでよう伸びるわさ」

「私にも忘れられない母への思いがあります」

大友が少しあごを上にあげて腕組しながら少年の頃の忘れえぬ話を切り出した。

大友は、良平とは反対に海水浴場のある海岸部で幼少期を過ごした。毎年夏になると思い出すことがある。夏休みの終り頃、母、妹達と連れ立って行った海水浴のことだ。海の中で震えていると
「ごめん、お盆が終わると水が冷たくなるの」

母の悲しそうな顔を忘れない。賑わっていたボート屋、脱衣所は閉じて人気のない砂浜。水着代、休憩所料金を払えなくて時節外れの海水浴を選ばざるを得なかった母。それでも前の晩は、嬉しくて眠れなかった自分たち。

「先程お話ししたように長男、三男、五男を亡くし六十代半ばで逝った母の天国での幸せをいつも心の中で祈っています」

語り終えると大友は、肩で大きくフーっと息をつき続けた。

「お互いに母は強くて尊しですね。私は、おふくろを楽にさせたいと就職後は頑張りましたよ」

大友によると住宅の建設・販売会社に長年働いたが、年間の販売目標数字は必達。販売課長の時に部下の未達成額を肩代わりするため猛烈な営業活動をして職制の地位は守れた。その替わり長時間の残業と酒食の接待疲れで糖尿病を患い

「企業戦士による犠牲者の一人と気づいた時は遅かったです。病気になり役に立たなければ会社はポイ捨てですから」

「糖尿病ってややこしい病気だそうですね。食事に気を付けねばならないとか」

「それに毛細血管がもろくなりますから色々と支障が起こるんです。私は、白内障が進んでます。正常なら手術をすればなんでもないんですが、これができなくて。この頃は新聞も読めないくらいで不安です」

「先程、お話しした病院でのPSA検査の際、医師にそれでも気分がすぐれないのはなぜって聞いたら、うつの心配があるから精神内科の診療を受けたらと言われました」

病気の話から家庭、家族のことへ話題が替わった。

「大友さん、子供やお孫さんは」

「それがねー、息子が一人ですが、孫はありません。私は八十四歳、子供は四十五歳ですが、最近離婚したので今はその子と一緒に住んでいます。引きこもりで困ってます」

「その年で引きこもり？」

「そうなんです。優秀な子だったんですが、中学三年の春に登校拒否になりまして」

「何が原因でそうなったんですか」

「ラクビー部に入っていたんです、体が小さいからついていけなかったんでしょう。落ち込んでね、五月の連休明けから夜遅くまでスマホでゲームをして昼間は寝るという生活になりました。部活をどこにしようかと相談された時に運動部ならどこにでもと言った親の私が悪かったと反省してます。スマホを取り上げると荒れるのでどうしようもなかったんです」

「卒業は出来たんですか」

「修学旅行だけは何とか参加し義務教育ですから卒業はさせてもらいました。その後は高等学校も行かずに家にいましたが、頭のいい子ですから大検で国立大学の工学部に受かることができました」

「大検って何ですか」

「大学入学資格検定と言いまして、高等学校を卒業していなくてもこれに受かれば大学受験が可能になるんですよ」

「すごいですね」

「と言っても三十歳で大学を卒業しましたから。就職は苦労したようですよ。中小の音響機器メーカーにやっと職を得ました。三十八歳の時、結婚相手を連れてきたのでうれしかったですね。ところがいいことは長く続かないんですよ。直ぐその後にリーマン・ショックで会社が倒産、生活苦で不和になり離婚になりました」

「ああ、あのショックですね。平成二十年に起きた米国の投資会社リーマン・ブラザーズの破綻で世界が金融危機に陥った事件でしたね。私も株式投資をしてますからあの時はひどい目にあいました」

良平は、顔をしかめながら持っていたF電力、P電気の株で大損した経緯を話した。

「失業、離婚のショックでそれ以来、また引きこもりが始まったのです。部屋からあまり出ずにパソコンばかりいじっているようですが、詳しいことは分かりません。会話もほとんどありませんから。私は、家の掃除や洗濯のほかに二人分の食事の世話があり疲れますわ。特別養護老人ホームに入りたいのですが、なかなか空きがなくて入れませんし。ただね、将来、仮に入居できるとしても息子が心配で。お宅は？」

「嫁と孫二人との関係は最悪です。なんか、毎日、死にたい気分なってしまって」

「お互い、年を取り体が不調になると皆そうなりますよ。でもね、私の一番仲の良い友人で斎藤君がいます。彼の話を聞いてやって下さい。筋ジストロフィー症って病気、お聞きになったことおありでしょ。彼の病気は筋委縮、筋力低下が進む進行性なので大変なんです。最近は寝たきりが多かったので背骨が圧迫骨折し車いす生活です。それでも早く歩けるように訓練して以前私と行ったことのある喫茶店へ一緒に行くのを目標に頑張っているんです」

良平は、同じ庭続きの住宅に住みながら嫁、孫との関係が他人みたいになった経緯や伊吹山事件を含め聞いてもらった。普段、あまり話せなかった心のもやもやを吐き出し気持ちが少し軽くなった。話に夢中になっていたが、次の駅は日赤病院前と車内案内があり腕時計を見ると十二時を過ぎている。話に夢中で循環線を一周半回ったことになる。

「お腹が空きません？　この病院の八階に食堂があって安くて味もまあまあです。降りましょう」

食堂の窓側に座ると市内が一望でき展望が素晴らしい。良平はカレーライス、大友は定食を注文した。カレーに添えられたフクジン漬とラッキョウで思い出したのか

「妻がつけていた梅干しとかラッキョウ、ショウガの梅酢漬けなどを今は買っています。野菜の一夜漬け、手巻き寿司、味ご飯、茶わん蒸しなども久しく口にしてませんね。それ

と季節の変わり目になると、衣替えや布団の出し入れが最初は慣れなくて大変でした。年末の大掃除も面倒だから今は手抜きです。私は不器用なので蛍光灯や網戸の入れ替えとかうまくはまらない時は奥さんに助けを頼んでました。こういうこともありました。冷凍庫のものを出し入れしてた時に仕切り棚が詰まってしまい立ち往生でした。困った時は、いつもかあちゃんと呼んで解決してもらってました。破れ鍋に閉じ蓋といった関係だったんでしょうね。大友さんのところは」

「発病してからアッという間に逝ってしまったから。何をしていいやら混乱しましたよ。当初は貯金通帳の在り処から靴下、下着の替えがどこにあるか分からずに戸惑いました。シャツのボタンが取れたり衣類の破れたところを縫うのにもようやく慣れました。ただ針に糸を通すのが大変ですよ。昔、おふくろが糸を通せなくて目をしょぼつかせていたのを思い出しますね」

「衣類なんかは、破れたりすれば繕うより新しいものを買うことにしてますが。その方が早いので」

「普段の掃除も家内が亡くなってからは、面倒くさくてたまにしかしてません。二人揃っていた頃は、ぬかづけが好物でしたが、ぬか床が作れず諦めました。正月のおせちですが、彼女が居なくなってからは出来ませんからお雑煮以外は普通の食事ですね。私も家内に助けてもらったことが多いです。ある冬のことですが、温風ガスストーブのフィルターが目詰まり赤いランプが点滅しづめでした。その時に彼女が裏側からネジを外して分解し中にたまっていた埃を取り除き元に戻ったことがあります」
「フィルターのことで思い出したことがあります。台所のガスコンロの上に煙を外へ出す装置が付いてますよね、レンジフードファンとか書いてありますけど。かあさんが年末の大掃除で三枚付いているフィルターを外して使い古しの歯ブラシで汚れを取っていました。亡くなってからは、やっていません。外しても元通りに入れることができるか心配で」
お互いにフィルター清掃で妻依存から抜け出せないことが分かり情けない半面、自分だけではないとホッと息つく一面もあった。良平が続けて
「そう言えば思い出しましたよ。私はいつも近所にある池の周りを散歩します。鳥の観察をしたくて双眼鏡を買ったばかりの頃、よく見えないと騒いだことがあります。このほか何度もあったことですが、ジャンパーのファスナーが途中で引っかかったりします。そんな時にいつも彼女を呼びました」
双眼鏡の場合は好子が手に取って
「あなた、反対側から見ているんじゃない。もっと概念砕きをしなくっちゃー。こう言

われてぎゃふんでした」

「概念砕きって」

「つまり、一つの考えにこだわらずに頭を巡らすという意味かな」

「成程、ファスナーならば私も何度かひっかかって困ったことあります。強く引っ張るだけではダメなんですな。押して駄目なら引いてみよってことですか。男は大体に単細胞だから気をつけないとね」

「私には、どうもこう思ったら一直線のところがありまして」

「私の友人でね、奥さんが何もしてくれないと文句ばかり言ってた男がいます。ところが先立たれた後に言ってました。どんな悪妻でもいないよりいた方がいいってね」

「うちは、良妻でしたから余計にこたえました」

「うちも同じですよ」

うなずき合った二人は、携帯電話の番号を交換しまた地下鉄の駅に戻りそれぞれの方面の電車に乗って帰ることになった。

「また、お会いしましょう。城北駅のそばにある県庁西庁舎の食堂のランチはお勧めだからまたお誘いします。窓側に座ればお城や木曽の御嶽山が見えますよ」

別れ際に良平はそう言って大友の手を握った。数週間経ち夜叉が池の紅葉が少し色づいてきた頃に二重苦でまた眠れない夜が続いた。睡眠導入剤を大量に飲んだ。死んでもいいと思ったが朝起きた時に頭がフラフラする程度で終わった。次の日の夜中にいつもの目覚めでトイレの後布団に入り直す前にふと夜叉が池に行く気になった。好子が池で待っていて会えるような気がした。サンダルをつっかけて外に出るとひんやりとした空気が肌にしみた。三日月が出ており明るい。しかし池の周りに来ると木立に囲まれた園路はほの暗くて不気味だ。闇の中で青い光が、三つ、四つ火の玉のようにゆらゆらする。目を凝らすと野良猫の目玉のようだ。元々は農業用のため池で放水口のある西側にはコンクリートの石段が池に向かって降りている。池の面に映るさざ波と月の光の乱舞が木々の揺れと重なり背筋がぞくっとした。その時、揺らめく柳の枝の黒い影が、好子に生き写しの姿に変わった。何か手を振っているような仕草だ。両手で来るんじゃーないよーと押し返すような格好に見えた。

「好子、好子、今行くから」

思わず良平が叫び、サンダルを脱いで池の淵まで階段を下りた途端に影が消えた。何事もなかったようにかすかな葉音と波風が池の淵に響いている。

(どうしたんだ。飛び込め。死ぬんじゃーなかったのか)

(怖い、死ぬのが怖い。これが大きな川だったら飛び込んだのに)

トムラウシ登山の行程図

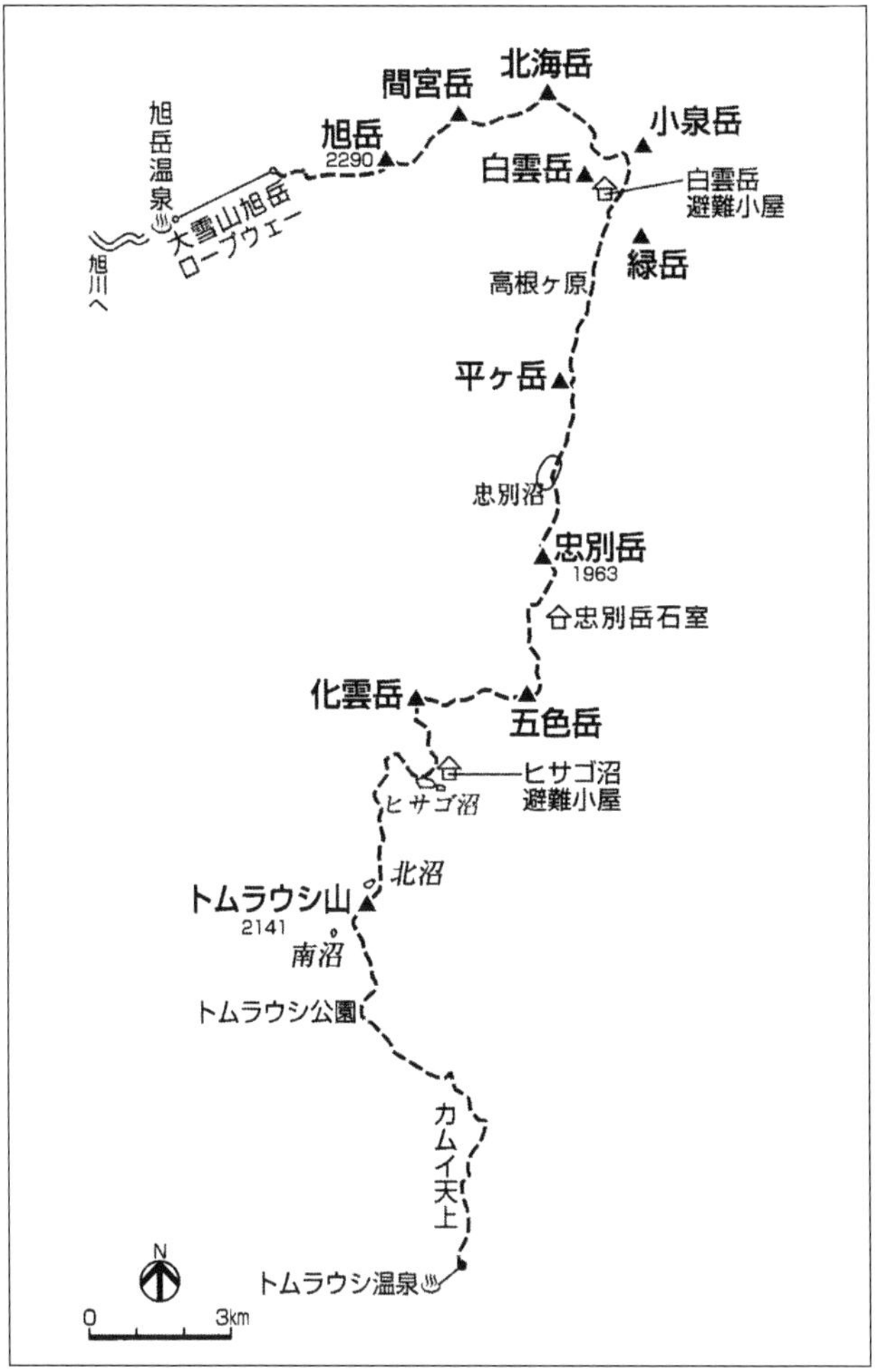

出所：『トムラウシ山遭難はなぜ起きたのか』（山と渓谷社）

二人の良平が葛藤している。気を失ったかの如く覚えのないまま家の前に来ていた。部屋に入り時計を見ると午前二時半を指していた。

数日して大友からショートメールがきた。

「最近は、地下鉄には乗っていません。調子が悪かったので病院へ行ったら糖尿病が悪化し来週から人工透析を受けなければなりません。毎週火曜日と木曜日、土曜日に午前中はそれに時間を取られます。つらくても生きていかねばなりません。産んで育ててくれた両親のためにも。先日、この前お話しした友人の斎藤君から来たメールの内容を紹介します。『このところ、週に二回ですが近所にできたデイケアーに通い理学療法士の指導で歩行訓練に励んでいます。その結果、車椅子から立ち上がり柵に伝ってですが、簡易トイレまで行けるようになった』そうです。斎藤君から元気をもらいました」

（完）

あとがき

人生様々、人さまざまです。人は、成長するにつれ進学、独立、恋、結婚などを経て家族を持つ者あるいは単身のまま過ごす人とそれぞれの世界が広がります。しかし歳月のたつうちに誰もが加齢とそれに伴うもの忘れ、病気、怪我、連れ合いを無くした孤独、性に関する悩み、介護、遺産相続、嫁と姑および舅との関係等々の諸問題のいずれかに直面するでしょう。

高齢化社会が急速に進んでおり問題を抱えたままの人が増えております。年を重ねるとともに悩まされる病との闘い、孤独、異性との関係、自死への願望等々。

人生には苦しみの道が続いています。身の回りのどこにでもありそうなこれら浮世の夜話を三題にしてまとめてみました。花伝社の平田勝社長、編集部の近藤志乃さんにはお世話になりました。誌上をお借りしてお礼を申し上げます。

安保邦彦（あぼ・くにひこ）
1936年、名古屋市生まれ
南山大学文学部独文学科研究課程修了
名古屋市立大学大学院経済学研究科修士課程修了
大阪大学大学院国際公共政策研究科博士後期課程修了
国際公共政策博士
元日刊工業新聞編集委員
元愛知東邦大学経営学部教授
元名古屋大学先端技術共同研究センター客員教授
愛知東邦大学地域創造研究所顧問

主な著書
『中部の産業――構造変化と起業家たち』（清文堂出版）
起業家物語『創業一代』『根性一代』（どちらもにっかん書房）
『二人の天馬――電力王桃介と女優貞奴』（花伝社）など多数。

うつせみの世 夜話三題――中高年の性・孤独・恋

2018年6月20日　初版第1刷発行

著者 ――安保邦彦
発行者 ――平田　勝
発行 ――花伝社
発売 ――共栄書房
〒101-0065　東京都千代田区西神田2-5-11出版輸送ビル2F
電話　03-3263-3813
FAX　03-3239-8272
E-mail　info@kadensha.net
URL　http://www.kadensha.net
振替 ――00140-6-59661
装幀 ――佐々木正見
印刷・製本―中央精版印刷株式会社

ISBN978-4-7634-0859-4 C0093